拷問魔女
2
中野在太 Aruta Nakano
illustration とよた瑣織
それは、突然現
銀縁の丸眼鏡をすかして
闇色をした瞳に刻まれた、怒り。
拷問の魔女――アリカ

「ちょっと着てみてくんない？」
美衣《みい》の頼みを断りきれずに
いっしょに写真を
撮ることになったミア。

さし子は体を反転して
みぎめに正対し、おでこをくっつけた。
「ありがとうございます、
魔女さん。」

「あっそ」
肺胞の魔女はミアに銃口を向けた。
「完璧に順当で正当に怒ってるんです。
だってオマエが全部悪いんだから」

ミアは壁に背を預け、
ずりあがるようにして
立ち上がった。
とぼけた顔の間抜けを
鋭く睨《にら》んで、
歯を食いしばった。

泥《どろ》雨《う》有《あり》果《か》が、
拷問の魔女が、
魔女狩りの前に立っていた。
「どうしてまだ生きているの？」
魔女狩りは、はんぱな笑みを浮かべたままで硬直した。

「教えて。なんで
オマエが生きているのかを」

INTRODUCTION

怒りによって結ばれた
二人の拷問の魔女

ミアは、アリカにすがった。
「わたしを……相棒にしてください」
アリカは、応じた。
「いっしょに殺そう、ミア」
傷つき歪んでしまった真冬の都市を、アリカとミアは狩場と定める。
傷つき歪《ゆが》んでしまった魔女たちを、
付け狙い、追い詰め、拷問し、殺していく。
怒りによって固く結ばれた、拷問の魔女として。
一方で、人魚災害を引き起こした右目の魔女と魔女狩りは、
配信者として大成していた。
あたたかな家に住み、愛する人が傍《そば》にいて、
何もかも満ち足りながら、
それでも魔女狩りは罪の意識に苛《さいな》まれていた。
その身に刻まれた不死の毒は魔女狩りに自ら死ぬことを許さず、
魔女狩りの心は、ゆっくりと擦り切れつつあった。
右目の魔女は、私は、誓う。
なにもかもが終わってしまった世界で、
どこかにまだ残っているかもしれない私たちの物語を、見つけ出すと。
私は君を、無価値な生に縛り付けてしまったのだから。
私は君に、恋したのだから——
街も心も損なわれた横浜で、
被災者たちの群像劇が幕を開ける。

拷問魔女 2

中野在太

ヒーロー文庫

拷問魔女
中野在太
Aruta Nakano
illustration
とよた瑣織
2

目次 contents

イラスト／とよた瑣織
装丁・本文デザイン／5GAS DESIGN STUDIO
校正／佐久間恵（東京出版サービスセンター）
DTP／鈴木庸子（主婦の友社）

この物語は、フィクションです。
実在の人物・団体等とは関係ありません。

プロローグ　【拷問097　ランゲルハンス島の魔女】

アリカは悲鳴が嫌いだ。

懇願と非難と自己憐憫《れんびん》が混ざった涙声はとりわけ嫌いだ。

マカロンみたいな形の折り畳みヘッドフォンをポケットから取り出すと、コードがぐちゃぐちゃにこんがらがっていた。それもアリカを苛立《いらだ》たせた。

もつれを解きほぐし、イヤーパッドを耳に当てる。ボタンホールに留めたiPod shuffleのジャックに端子を挿入すると、雑音が耳を引っ掻《か》いた。アリカは端子を捻《ひね》ってまともな音が出る場所を探した。

ボタンを押し込む。iroha（sasaki）の『炉心融解』が耳に流れ込んで、ようやく悲鳴を遠ざけられた。

ナイロンの、くたびれたスクールバッグからアリカは荷物を取り出した。

ダイソーで買ったフレキシブル三脚と、ディスプレイも背面も傷ついたiPhone 6s。これらは撮影機材だ。

コーナンで買った全長9センチの畳針《たたみばり》と、木槌《きづち》。これらは拷問器具だ。

オフィスチェアに拘束された魔女を画角に収め、録画を開始する。

畳針《たたみばり》と木槌《きづち》を手に歩み寄る。

「椎骨《ついこつ》の魔女を探しているんだ。知らない？」

アリカは問いかけた。魔女はなにか喚《わめ》いたが大音量に遮《さえぎ》られてアリカの耳には届かなかった。そもそも応答を求めているわけではなかった。

「答えて」

畳針を、魔女の右ひとさし指の爪の間に押し入れた。魔女の指が痛みから逃《のが》れようと動き回った。ひじ掛けにダクトテープでくくられた指は、肉にゆっくり沈んでいく針先から逃れられなかった。

悲鳴が音楽を貫通する。

アリカは畳針の尻を木槌で打った。斜めに入った針が末節骨《まっせつこつ》の上を滑って肉を掻《か》き分け、第一関節のへりにぶつかって止まった。アリカは針を幾度か回転させて軟骨にねじ込むと、そこを支えに針をゆっくり持ち上げていった。

肉から爪が引きはがされていく感触を、たわんだ針からアリカは受け取る。握った拳《こぶし》のひとさし指を噛《か》んで嘔気《おうき》をこらえながら、針の持ち手に力を込める。

針が軟骨を割き、跳ね上がる勢いで皮膚を破り爪を弾《はじ》き飛ばした。肉と血をまとってぬるいケラチンの薄板が宙を舞い、アリカの頬《ほお》に貼りついた。

十指の爪を剥《は》ぎ終えたアリカは振り返った。濡《ぬ》れた針を手にｉＰｈｏｎｅに近づいて、見下ろした。

「こんにちは。拷問の魔女だよ。魔女は全員、こうする」

カメラを睨《にら》みながら背後めがけて放った針が、魔女の右目を射抜いた。

9　拷問の魔女

横浜にじのいえの多目的ホールは、あたたかかった。数台の石油ストーブは天井めがけてだらだらと熱を吐き出し、集められた子どもたちもはしゃぎ回って無意味に体温をまき散らしていた。

乾いた冷たい風が窓をがたがた揺さぶっていた。外の寒さは、のぼせそうな温度で遮断されていた。

ホール中央にはLEDの電飾をまとったクリスマスツリー。壁には手作りのオーナメントとガーランド。出入口にはタルトみたいに盛られたリース。壁に据えられたスピーカーからは古いクリスマスソングが流れている。

ミアは全てにうんざりしていたから、輪投げやケーキのデコレーションに興じる子どもたちから距離を取り、壁際に一人でいた。

イヤフォンを耳にきつくねじ込んで、スマホに入ったストリーミングサービスアプリを立ち上げた。いよわの『熱異常』が、暖色のやさしさからミアを守ってくれた。

爪を鳴らして、ミアはタブレットの画面を繰り返しスワイプした。ショート動画が川の

ように流れた。

機械的にスワイプし続けていた指が、画面外に追いやられようとしていた動画を引き戻した。

さし子――ひとさし指の魔女。あるいは魔女狩り――が、流行《はや》りの音源に合わせて流行りの踊りを踊っているだけの動画。

スワイプ。

続けて流れたのは、みぎめ――右目の魔女――のぎこちないダンス。『みぎめちゃんばかやばいwww』と、キャプションが入る。

「だっせえなみぎめちゃん！　まじ二足歩行する生き物の動きじゃないですよ」

爆笑するさし子の声が入って、顔を赤らめたみぎめがカメラを睨《にら》む。

ミアの口元が、微笑《ほほえ》みにわずか持ち上がる。

スワイプ。

さし子とみぎめの、歌ってみたのショート動画。ミアも合わせて口ずさむ。

不意に、轟音《ごうおん》と振動が体を揺らした。建物の前をトラックかダンプが通過したのだ、と、脳は理解していて、そのほか全部がミアをあの瞬間に引き戻した。

けだるく暑い夏の日、氷が溶けてぬるくうすくなったマックフィズの味。てのひらが落ちてきて、焼き菓子みたいに崩れる赤レンガ倉庫。

腕に掃《は》き払われて、ひしゃげ、潰《つぶ》れ、地面になすりつけられる無数の人体、に、混ざり合った母。

ちりと埃《ほこり》の幕の向こうに浮かぶ、大きな黒い影。

人魚。

ミアは凍ったような手で胸を押さえ、勝手に荒くなろうとする呼吸を制御しようと努力した。瞳孔《どうこう》が引き絞られて世界から色彩が抜け落ちて眩《まぶ》しさだけが残って、犬のような呼吸音が頭の中で金属音まじりの唸《うな》りを上げげた。

発作は数分で治まった。汗を吸ったインナーが急速に冷えていった。

甲高《かんだか》い声がホールにこだまして、ミアは顔を上げた。ついさっきまで力いっぱいはしゃいでいた子どもたちが、うずくまり、あるいは親に抱かれ、あるいはファシリテーターの大学生に寄り添われ、泣いていた。

誰もがささいなきっかけで思い出す。大切な人が、さしたる理由もなく、押し寄せる圧倒的な力に飲み込まれて死んでいった日のことを。

人魚が、横浜を蹂躙《じゅうりん》した日のことを。

横浜にじのいえは、災害遺児のグリーフケアをサポートするための施設だ。ここにいる子どもも、大人も、人魚のために大事なものを失った被災者だった。

いつまでこんなことが続くのだろうと、涙のにじんだまなじりを拭《ぬぐ》いながらミアは思う。

あのとき遊びに行きたいとねだらなかったら、母は死ななかった。

あのときマックに寄りたいとだだをこねなかったら、母は死ななかった。

あのときすこしでも早く走っていれば、母は死ななかった。

あのとき一人で行っていれば、死ぬのは自分だけで済んだ。

わたしがわたしでなければ、両親を失わずに済んだ。

考えるだけ無駄なことは完全に理解していながら、ミアは何度も何度もありえない未来を空想している。

うつむいたミアの隣に誰かが座って、かすかな風に甘い香りを感じた。

「見てこれミア。めっちゃ盛れた」

無遠慮に、無造作に、てのひらがパーソナルスペースへと侵入する。鼻の頭まで届く前髪越しに、ミアはしなやかな指を見る。

そろえた五指の先端には、緑をベースにストーンを散らしたジェルネイル。

「クリスマスツリー。いいでしょ」

工程を想像しただけでうんざりするほど丁寧なナチュラルメイクの女が、ミアに微笑《ほほえ》みかけていた。

「大口《おおぐち》さん」

今日はじめて出した声はかすれていた。

「オーナでいいよ。ヒサコでも」

「……オーナさん」

「ん。隣いい？」

オーナは返事を待たずミアの隣に居座った。

オーナ・ヒサコ・大口。学生ボランティアとしてにじのいえのプログラムに参加し、災害遺児のケアに寄り添うファシリテーターの一人だ。彼女自身も人魚災害で父を喪《うしな》った被災者だが、ミアはオーナが落ち込んだり疲れたり泣いたりしているところを見たことがない。

「なに観てた？」

「まじょまじょ」

「いいよね。ウチも好き。みぎめちゃんばかかわいくね？」

ファシリテーターは、あっちに行ってみんなと遊ぼうだの、泣いてもいいんだよだの、止《や》まない雨はないだの春はまた来るだの、通りいっぺんのくだらない言葉を吐かない。養成講座で正しい振る舞いを学んでいるからだ。

「わたしは……さし子推し、です。顔がいいから」

「ねー。顔やばいよね。歌うまいし」

「いじるじゃんみぎめちゃんのこと。でもこれみぎめちゃんメイクだよ」

「踊れるし」

「え。分かんなかった、です」

「えー？　まあ基礎が違うか顔面の」

オーナは笑った。つられて笑おうとしたくちびるを、ミアは力任せに引き締めた。オーナは、猫にそうするように、ミアの顔のそばに手を差し出した。触れてもいいか、確認する仕草だった。ミアが首を横に振ると、オーナは手を引っ込めた。

話しやすいと、居心地がいいと、思ってしまう自分が嫌で、ミアは目を閉じた。冷たいところに一人で身を置くぐらいしか自分を罰する方法が思いつかないのに、それすらできずこうして寄り添われる。ここにいて何をしていてもいいんだと許される。崖《がけ》っぷちに勢ぞろいしたライ麦畑の捕え手が、望んで飛び降りようとする子どもまで遊び場に引きずり戻すのだ。

わたしのせいでお母さんもお父さんも死んだのに。

なんの価値もない生き残りが、死ぬこともできずうずくまっているのに。

「わたしが……殺したんですよ」

半分はいじわるで、半分はすがるように、ミアは口を開いた。

「お母さんもお父さんも、わたしのせいで死んだんです。だから、わたしは、じゃあ、じゃあどうすればいいんですか」

　正しい教育を受けた無欠のファシリテーターが、この不意打ちにどんな反応をするのか試したかった。どうせ、止《や》まない雨はないだの春はまた来るだの、通りいっぺんのくだらない言葉を吐くのだろう。狼狽《ろうばい》するオーナを想像すると胸がすくようで、甘えることもできない自分のみじめさを再確認するようで、ミアの心はぐちゃぐちゃだった。

　オーナはクリスマスカラーの爪で顎《あご》のラインをなぞった。

「んーとね。まず最初にね。意味がなくても何度でも言うね。ミアのせいじゃない。絶対に」

　ミアは黙ってオーナを睨《にら》んだ。そんなことは分かりきっていて、なのに自分を罰するのがやめられない。

「あとは、これウチの場合はってだけだから真に受けなくていいんだけど……怒ったね。ウチは」

　まずまず想定外の言葉だったのでミアは面食らった。

「おこっ、え、何に？」

「各方面」

　けっこうざっくりしており、ミアは無言で続きを待つことしかできなかった。

「たとえば、そだね、パパ殺されちゃってさ人魚に、これもうガチやばくね？　って、ママ連れて役所行ったんよ。生活保護ないとママ死んじゃうってなって。そしたらガイジンは生活保護受けられませんって、そこで怒った。てめーの一族郎党ファベーラ案内してやろうか！　って」

「ブラジルギャグだ」

思わず合いの手を入れてしまうと、オーナは声を上げて笑った。

「そ、ブラジルギャグでなんとかなった。ちなみにウチは実はめっちゃ頭良いから給付型奨学金で大学行ってます」

オーナは照れ隠しの顎《あご》ピースで話を締めくくった。

「怒、る」

「ウチの場合はだよ。ミアもなんか、いつか、ぴったりしたやり方見つかるかもね」

春はまた来る、だ。だけどオーナの言葉を、ミアは素直に受け止められていた。

「怒る用の部屋も泣く用の部屋もあるから、二階に。使いたかったら使いなね。ひとりでも、だれかとでも」

「はい、あの、オーナさん……ごめんなさい」

「んー？」

ミアの無思慮な稚気《ちき》など察していただろうに、オーナはとぼけて笑顔でいてみせた。ミアも、笑顔で応じた。

「わたし、もうだいじょうぶです」

「えー？　でもおしゃべりしようよ」

「オーナさん、人気者ですから」

何人かの子どもが、遠巻きにこちらの様子をうかがっていた。オーナと遊びたいけれど、ミアには近づきたくない。そういう距離感だった。

「ん、そか。分かった。どうする？　帰るならタクシー呼ぶけど」

「平気です。あんまり早く帰ると、おばあちゃんが心配しますから」

「遣《つか》うねー気を」

「怒った方がいいですか？」

「今度やってみ」

オーナは立ち上がりぎわ、ミアの背を撫《な》でるように叩《たた》いた。ミアの体はオーナの温度をすんなりと受け止めた。

そこから数十秒で、何もかもが変わった。

「保護者の方ですか？　受付で——」

破裂音。

ミアが目を向けると、入り口近くに立っていたファシリテーターの男性が、腹を押さえてうずくまっていた。

薄っぺらいコートを着た男が、うめき声を上げるファシリテーターを見下ろしていた。その手には引き金のついた金具が握られていて、金具はホースに繋《つな》がれていて、ホースはカートに積まれたボンベに延びていた。

男は金具を天井に向けて引き金を引いた。電球が割れて破片が落ちた。続けて男は水平方向に金具を向けて再び引き金を引いた。石油ストーブに弾《はじ》かれた射出物が空を切ってミアの横の壁をえぐった。

足元に転がってきたのは、鋼色《はがねいろ》をした、チェスの駒みたいな形の弾だった。圧縮空気の力で打ち出された、だから、これは銃弾なのだろうと奇妙なほど澄んだ頭で推理して、恐《きょう》慌《こう》に陥《おちい》った子どもの悲鳴がミアの耳に突き刺さった。

「お、お前らァ！　税金で、人の、人の払った税金でクリスマスはさァ！　おかしいんだよ！　社会のダニが役立たずのくせに！」

銃身を振りかざしながら男は多目的ホールに踏み入った。

「俺に、俺の、俺の金だろ⁉　俺の金で、なんで、クリスマスっ、税金で！」

支離滅裂な喚《わめ》き声と確かな殺傷能力が圧倒的な質量と化してホールに覆いかぶさり、子どもも、大人も、動けずに呆然《ぼうぜん》としていた。もつれるような足取りで歩き回った男は、ひときわ大きな声で泣く子どもに目を付け、銃口を向けた。

「やめて！」

オーナは叫んで走り、子どもを抱き、床を蹴って転がった。同時に銃弾が放たれてカーペットを突き破った。

「はっ、このっ、なんで、庇《かば》う……かばっ、なんなんだどいつもこいつも！　どいつもこいつも！」

人が、死ぬ。

なんの意味もなく、頭のいかれたやつがたまたまやって来て、殺される。

たぶんわたしも数分後には。

ミアの心は凍った石となり、あの瞬間に立ち戻っていた。無駄だ、なにひとつなんの価値もない。命はごみのように消えていく。

無防備なオーナの背中に銃口がぴたりと向けられる。引き金に指がかかる。

「おい」

それは、突然現れた。

肩を掴《つか》まれて後ろに引かれた男が、よろけながら引き金を引くのをミアは見た。でたらめな方向に打ち出された銃弾は壁に設置されたスピーカーのアームを吹っ飛ばし、断末魔の雑音と共に落下するスピーカーを目で追った先に、それがいた。

長身の女だった。

夜みたいな黒髪に虹色のインナーカラーを入れた外跳ねおさげ。右耳には星座みたいな無数のピアス。引き結んだ唇からのぞく、銀色の牙《きば》ピアス。

オーバーサイズのスタジャン、袖口からのぞく細い白い手首と、深緑色のオープンフィンガーグローブ。

なによりも、銀縁の丸眼鏡の向こう側、闇色をした瞳に刻まれた一つの深い感情が、ミアの心を惹《ひ》きつけた。

怒り。

空気を焦がすような怒り。

「なんっ、え？　は？」

動転した男が問いにならない問いを発した。

答える代わりに、女は鋭く速い左拳《ひだりこぶし》を放った。まっすぐ伸びた拳面《けんめん》が男の顔面を捉えた。

「あっ、ふぁっ、ああっ、なっぶぇ、なん、なんで！」

鼻血を垂らしながら背を向けて逃げ出す男に追いすがり、女は左、右、左と拳を顔面に叩《たた》き込む。自身の曳《ひ》くカートにつまずいて転んだ男の顔面めがけ、サッカーボールキックで蹴り込む。

「ひぃいいいい！」

男の肉体が、蹴られるままに数メートル浮上した。

「やっぱり。肺胞《はいほう》の魔女だね」

肺胞の魔女、その毒は浮遊。対象の質量を操作する。

「なっ、なんなんだよぉあああ！」

唾液の混ざった泡だらけの血を吐いて、中空で男が怒鳴った。

「オマエを拷問して殺す」

「なんでぇ!?」

「魔女だから」

「なんでぇええええ！」

男はホースを掴《つか》んでボンベを引きずり上げると、前抱きに抱いた。

「いっ、ひっ、ご、拷問の魔女！　知ってる、知ってる、観たぞ動画！　クソな魔女を殺しまくってる魔女！　どうして俺がっ、だって、こいつらだろ！　税金、人の税金でっ！　ダニどもは！」

肺胞の魔女はホースから銃身を外そうと引っ張りつつ泣き叫んだ。

「あたしは、オマエを殺すだけだよ。オマエたちの言い方だと、魔女バトルしに来たんだ」

「うあああああ！」

魔女は銃身の外れたホースを水平に向け、空気を射出した。質量の失《う》せた肉体は噴き出す空気にたやすく突き動かされ、窓をぶち破ると放物線を描いて家並みに消えた。

女は――拷問の魔女は、肺胞の魔女が飛んで行った先を目で追い、多目的ホールを一瞥《いちべつ》した。

鼻の頭まで届く前髪越しに、銀縁丸眼鏡越しに、ミアの視線と、闇色の視線がわずか衝突した。

拷問の魔女は窓から飛び出し、肺胞の魔女が逃げ去った先に向かった。

それらは、数十秒のうちに起きたことだった。

ホールの時間が動き出した。泣く子ども、放心する子ども、取り乱す大人、撃たれたファシリテーターに駆け寄るオーナ、何もかもが背景で、遠のいていくのをミアは感じた。

衝動に理由も与えられないまま、ミアは拷問の魔女を追って窓から這《は》い出た。寒風が拒絶するようにミアを叩《たた》いた。

足がもつれた。呼吸もできなかった。闇色の瞳に込められた感情がミアを灼《や》いていた。

拷問の魔女には、すぐ追いついた。ナイロンのくたびれたスクールバッグを背負った魔女は、ポケットに手を突っ込み、長身を恥じるような猫背で、どんくさそうにのそのそと歩いていた。

「あっ、のっ！」

ミアは何の準備もないまま叫んだ。拷問の魔女は立ち止まり、振り返り、退屈そうな目をミアに向けた。

「さっきの、施設の子」

「はい、え、と、その」

「なに？」

ミアは口を開いたまましばらく突っ立っていた。どうして追いかけたのか、どうして声をかけたのか、今になってまだ分からなかった。

「せっ、正義の、味方なんですか？」

とんちんかんな問いかけに、拷問の魔女はうすく笑った。

「ただの魔女狩りだよ。いかれた人殺しといかれた人殺しが、魔女バトルしただけ」

笑みに色濃い自嘲を、ミアは感じた。

「他には？　何もないなら、それじゃあ」

「あ、まっ、あの、わたし、わたしも」

ミアは鼻の頭まで届く前髪をみつあみにして、耳の後ろで留めた。

「わたしも、魔女なんです。その、虹彩《こうさい》の魔女で」

魔女となった時に変質した赤橙《せきとう》の瞳を、孤独を強《し》いる毒の証《あかし》を、ミアは無防備に晒《さら》した。

闇色の瞳がきっぱりと怒りを湛《たた》えるのをミアは見た。

「殺してほしいの？」

「ちがっ、そう、じゃなくて」

沸き上がってきたこの気持ちを、どう表現すべきなのか迷う。

でも、これはきっと、恋だった。

ミアは、恋をした。

「ちょっと！　ミア！　いた！　なにして！」

息を切らして駆けてきたオーナが、ミアを守るように抱き寄せた。

「きゅっう、救急車、警察呼んだから！　おばあちゃんにいま連絡してる！　戻ろ！」

一息に喋《しゃべ》ったところで、オーナは拷問の魔女に目を留めた。抱き寄せられた腕が緊張と恐怖にぎゅっと引き締まるのをミアは感じた。

「あ、ありがとうございます」

オーナは頭を下げた。

「助けたわけじゃないよ。魔女を殺そうとしただけ」

「でも……助けられたから」

「ただの魔女バトル」

拷問の魔女はそれ以上のやり取りを避けるように背を向け、猫背でのそのそと歩きはじめた。ミアはオーナに手を引かれるまで、拷問の魔女の後ろ姿をずっと見つめていた。

にじのいえの入り口にぶちまけられた血は乾きかけで、水あめのような照りを帯びていた。鉄っぽく膿《うみ》っぽい臭いに顔をしかめながら、オーナは大股で血痕をまたいだ。

大ホールに残っているのは、撃たれたファシリテーターと、彼に付き添う数人の大人だけだった。子どもたちの多くは保護者に連れられて帰宅し、一人で来た子どもはファシリテーターと一緒に二階に移っていた。

あたためられた室内で、焙《あぶ》られたような頰《ほお》の火照《ほて》りをミアは自覚した。心臓が不規則に拍動し、なにかをまともに考えられなかった。

「行こ。こっち」

ミアが連れていかれたのは、噴火の部屋と呼ばれる一室だった。オーナが扉を開けると、汗とウレタンの臭いが吹き付けて、ミアの足を立ち止まらせた。

十畳ほどの室内の、壁にも床にも真っ赤なクッション材が張られ、サンドバッグや登り棒が設置されている。ボクシンググローブやスポンジバット、キックミットやドラムミットなどの器具が壁の一面に寄せられている。

「ごめん、他の子たちみんな泣いてて、ここしか空《あ》いてなくて」

オーナはミアの背を撫《な》でるように叩《たた》き、部屋に踏み入るよう促した。

「座ってて。おばあちゃんに連絡するね」

スマホのキーパッドを叩いたオーナは、コール音を十数回鳴らしてから、ため息まじりにディスプレイに触れた。

「ごめんなさい。おばあちゃん、足が悪くて電話あんまり出れなくて」

「そっか。じゃあとでウチが送る。それと、意味がなくても何度でも――」

「わたしのせいじゃない」

ミアが言葉を先取りすると、オーナは苦笑した。

「隣いい？」

「いつも勝手に座るくせに」

二人は壁に背を預け、並んで座った。クッション材の、強く反発する感じを背中と頭に感じながら、しばらく黙っていた。

「それいいね。みつあみ」

オーナが、ミアの前髪に触れた。

「いつもは隠してますから。目」

「きついね。魔女だと」

「ばかきついです」

冗談っぽい口ぶりで、ミアは本音を口にした。オーナは真剣な表情で黙ってうなずいてくれた。

――人魚が泡になり、毒が飛び散った。滅びに直面した世界で、誰も魔女狩りに選ばれなかった。

魔女と魔女狩りは、かつてひとびとにとって、自分とは縁遠い世界に存在する血なまぐさい娯楽の一つでしかなかった。たいていの魔女は魔女狩りを恐れて静かに暮らしていたし、居直って暴れるろくでなしは魔女狩りないし日本災害対策基盤研究機構が速やかに鎮圧した。

だからひとびとは魔女狩りに制服を着させて喜んだり、右目の魔女にありったけの誹謗《ひぼう》中傷をぶつけて義憤を満たしたりしていればそれでよかった。

人魚災害以降は、全てが変わった。

魔女たちは手にした毒を奪い合い、あるいは強大な異能で後ろ暗い欲望を満たした。突発的な暴力はやすやすとひとびとの日常を破壊した。これらの暴力には、ひとさし指の魔女が何気なく口にした魔女バトルという蔑称《べっしょう》が定着した。

頼るべき日災対は、横浜研究所所長の不祥事と人魚災害発生の責任を負って解散し、一部機能が復興庁に吸収されていた。

百年以上にわたりテロとも災害とも無縁だった日本は、人魚災害にも猖獗《しょうけつ》する魔女バトルにも無力だった。

ひとびとは魔女を怖《おそ》れ、遠ざけ、迫害した。人魚災害の直後に毒を浴びたミアは、避難所で、仮設住宅で疎《うと》んじられた。ストレスに蝕《むしば》まれたミアの父は避難所で病死し、数多《あまた》ある災害関連死の、一つの統計的標本となった。

「罰なんだって思ってる？」

オーナの言葉に、ミアはきつく目を閉じた。無言の肯定を汲《く》み取ってか、オーナはミアの編んだ前髪に指をすべらせ、力を込めずに抱き寄せた。

「わたしが、お母さんを殺したから」

「それで魔女になって、お父さんも死んじゃったって？」

ミアはうなずいた。オーナの手を頭から振り落として、うなだれた。

オーナが、ミアの背を撫《な》でるように叩《たた》いて立ち上がった。離れていくのを、ミアは遠ざかる熱として感じた。寒くてやけに眩《まぶ》しかった。ミアは痛みを感じるまで首を曲げ、顎《あご》と鎖骨《さこつ》をくっつけた。

ぽんと、目の前に、黒いかたまりが投げ出された。次いで白いものが。焦点を合わせると、ボクシンググローブと軍手だった。

「やるか！」

顔を上げると、オーナがキックミットを抱えていた。

「なにを？」

「軍手して、グローブはめて」

「いや……ええ？」

「んっふっふ」

疑義と抗議の声を、オーナは笑い飛ばした。ミアはしぶしぶ軍手をつけ、グローブをはめて手首のところをマジックテープで留めた。

「ほら来い！」

「はあ……」

ミットを右手で殴りつけてみる。たいした手ごたえもなく、気の抜けた音が出た。

「もいっちょ」

今度は左手で。またも気の抜けた音が出て、そのくせ手首がじんと痺《しび》れた。

「いいねいいね、はいジャブ」

「一つも分かんないんですけど」

まっすぐ繰り出そうとした右手はふにゃふにゃの軌道を描き、ミットの端っこをかすめて勢いでミアの体を一回転させた。

「なんなんですかこれ」

「噴火の部屋だから」

にじのいえの二階に、感情を発散させるための部屋があることは知っていた。津波の部屋、噴火の部屋、おしゃべりの部屋といった施設を、ミアは利用したことがなかった。大声で泣いてみたり暴れてみたり、あるいはただおしゃべりしてみたりすることに、なんの関心も持てなかったから。

「だからって今やんなくても……」

ふてくされながら、数発の打撃が肉体のあちこちを励起《れいき》させていることにミアは気づく。かちこちに固まり肉にこびりついていた白い脂が、熱に溶けて芳香を放ちはじめるイメージをミアは抱く。

ミアは幾度か大きく呼吸すると、構え直した。拷問の魔女がそうしていたのを思い出しながら。

右足を大きく後ろに引き、わずかに膝《ひざ》を曲げる。つま先を斜めに向ける。拳《こぶし》を持ち上げる。前にした左手を、踏み込みながら打ち出す。

グローブがミットに深く突き刺さり、乾いた音を立てた。ものを殴りつけた手ごたえが、グローブから拳に、手首に、肘《ひじ》に、肩にかけて電流のように走った。

「威力やば！」

次いで、後ろにしていた右手を打ち出す。打撃が走ってミットを打つ。オーナが大げさによたついてみせる。

「ほいジャブ、ジャブ、ストレート。いいねいいね、おら来いやおら！」

オーナに促されるまま、ミアはミットめがけて拳を振るい続けた。額を伝った汗が目に流れ込み、頬《ほお》を走って唇に吸い込まれ、顎先《あごさき》から垂れ落ちた。

「どう？」

心臓が突然の運動に抗議するように速く鳴っていた。皮膚がぴんと張りつめて、かすかな風や気配まで感受できるような錯覚をおぼえた。心中に、快い疼《うず》きが湧いていた。

「けっこういいですね」

ミアが素直に答えると、オーナはにっこりした。

「いいでしょ。ウチ実はキックのジム通ってるんだけど、センスあるよミアは」

「なんでもやってるなーオーナさん」

「すまんね天才で」

二人は笑った。

「最後に一発！　全力で来い！」

「ジョイナスまでぶっ飛ばしてやりますよ」

「いいねいいね、もう無いけどジョイナス」

ミアは構え直し、キックミットに向き合った。

投げ出すように放った拳がミットに届く直前、くぐもった破裂音が鳴った。

疑問を抱くよりも早く、建物が大きく揺れた。オーナはキックミットを投げ出し、ミアを庇《かば》って伏せた。

吐き気を呼ぶ横揺れが続き、瓦礫《がれき》のこすれるような音がした。ミアの全身が凍りついた。崩壊する赤レンガ倉庫、砕ける地面、塵埃《じんあい》の向こうに浮かび上がる人魚の巨大な影、無数の無意味な死、に、含まれる母。

「大丈夫だよ」

オーナの声が、ミアを現実に引き戻す。背中にオーナの体温を感じる。

「ミア、大丈夫だよ。ウチがいるから。大丈夫、大丈夫だよ」

床についたオーナの手は指先までまっしろで、マットに食い込んだ緑色のネイルチップが剥《は》がれかけているのをミアは見る。ミアはオーナが落ち込んだり疲れたり泣いたりしているところを見たことがない。被災の記憶は彼女の中にもあるはずだった。癒えるはずもなかった。だというのにオーナは、一心に、ミアを案じていた。

ミアは手を伸ばして、オーナのてのひらに、自分のてのひらを載せた。体温を、すこしでもオーナに分けてあげたくて。

揺れが収まり、続けてふたりを襲ったのは床に押し付けられ、耳が詰まる感覚だった。

呼吸が落ち着くと、違和感があった。静かすぎる。窓を叩《たた》いていた風の音が聞こえない。

「浮いてるんだ……」

気球は風に乗って移動するため、相対的に無風となる。それと同じ現象が、毒を浴びたにじのいえに起きているのだとミアは理解した。振動に伴っていた押し潰《つぶ》されるような感覚は、上昇時の加速度だった。

再び破裂音がした。今度は悲鳴を伴っていた。

肺胞の魔女が戻ってきたのだ。拷問の魔女の追跡を振り切り、子どもたちを空に閉じ込め、殺しに来たのだ。

オーナはミアの背を撫《な》でるように叩いて立ち上がり、部屋の鍵を閉めた。振り返って、立てたひとさし指を口に当てた。ミアは無言でうなずくと、グローブと軍手を外し、息を殺して壁際に寄った。

オーナは扉から目線を切らずに後ずさり、隣に腰を下ろすと、ミアのこめかみに額をくっつけた。

「大丈夫だよ。すぐに警察が来てくれるから。大丈夫、ここでじっとしていれば――」

再び発砲音、再び悲鳴、笑い声のような奇声。

「全員殺せば税金浮くんだよなァ！　そしたら俺みたいな本当に困った奴が救われるんだよ、本当に頑張って本当に困ってるまじめに仕事して納税してる奴が！」

悪罵《あくば》が、銃弾と同じ痛みをミアの心に刻んだ。魔女の言葉は一から十まで間違っている。にじのいえの運営資金は百パーセント寄付によって成り立っているし、よしんば補助金が降りていたとして、利用者を何人か殺してみたところで肺胞の魔女の人生はなにひとつ好転しない。

理性は理屈を理解していた。なのに心を蝕《むしば》む罪悪感が、魔女の言葉を受け入れていた。生き残ったことは罪で、今こうして生きていることは罰で、日常はいつでも拷問でしかないのだと、ミアにとってはそれが世界のありようだった。

ドアノブが乱暴に何度も揺さぶられて、ミアは悲鳴を上げそうな口を手で覆った。鼓動が、周囲に漏《も》れ聞こえやしないかと錯覚するほどの激しさで内側から肋骨《ろっこつ》を叩《たた》いた。

こつんと、金属同士をぶつけ合わせる音がした。発砲音。ふっとんだシリンダーがミアの足元まで転がってきた。

鍵を失ったノブがゆっくりと傾いて、虐殺者を迎え入れた。

「いるじゃねえかよ寄生虫が」

肺胞の魔女は血まみれの顔面に笑みを浮かべた。

「お前らだよお前らだけは絶対に殺したかったんだ。ガイジンがお前、日本の税金使ってんだから。おい！　答えろよ！　使ってんだろ俺の！　所得税を！」

魔女は銃口をミアとオーナに交互に向けた。錯誤に基づく殺意は二人を殺すのに十分な威を湛《たた》え、ミアは恐怖を飛び越えて無感情な一つのかたまりとなっていた。

オーナが、ミアの背を、撫《な》でるように叩いて立ち上がった。

「にじのいえの財源は、全て有志の寄付です」

「ああ？　誰だよお前」

「ガイジンですよ。オーナ・ヒサコ・大口。サンパウロ出身です」

「じゃあ人の金でやってんじゃねえか結局！　クリスマスを！」

オーナは半歩、前に出た。肺胞の魔女は室内に踏み込んだ。

「みんな被災者なんです。心の傷を癒すために、こうして集まっているんですよ。ウチはそのお手伝いをしているんです」

「ふざっ、あ、ああああ！　そういうことじゃねえんだよ、違う、だから……ずるいだろ！　俺だって、俺だって被災してんだ、仕事ができなくなって！　じゃあなんでお前らだけ人の金でクリスマスやってんだって聞いてんだよ！」

魔女は銃口を威圧的に振り回した。オーナはまっすぐ立って、まっすぐ魔女を見ていた。

ミアには、オーナの意図が分かっていた。煽《あお》るような振る舞いと物言いで、ミアに逃亡の機会を与えようとしているのだ。

魔女がオーナに狙いを定めたため、ミアはほんの数メートル走れば室外に飛び出すことができた。分かっていた。できるはずがなかった。また生き延びて人が死ぬ、また生きるために人を殺す。母は夏の午後にすり潰《つぶ》された。父は冬の朝に布団の中で冷たくなっていた。いつもいつも死ぬべきなのは自分だった。

オーナが、横目に自分を見ているのをミアは感じる。体は、動かない。

「大丈夫だからね、ミア」

小さな声でオーナが言った。

「あ？　何が」

訝《いぶか》しむ魔女の股間めがけて、オーナはつま先を蹴り込んだ。

「おっ、あああああ……」

魂の抜けるような声を漏《も》らして、肺胞の魔女はその場にへたりこんだ。

「ミア！　走って！」

オーナの声は銃声にかき消された。

壁に叩《たた》きつけられたオーナは喉《のど》を押さえて前のめりになり、気泡が潰《つぶ》れるような音を喉の奥で鳴らした。倒れまいと振り出した左足からただちに力が失《う》せ、膝立《ひざだ》ちになって、喉に当てられた指の隙間《すきま》から赤橙《せきとう》の鮮血が溢《あふ》れ出した。

オーナは血を吐きながらミアを見た。

笑った。

「ご、めん、うちの、せいで」

あぶくまじりの声をミアの耳に届けて、オーナはうつぶせに倒れた。広がった血が、マットの隙間を駆けるような速度で満たしていった。

「ちがう……ちがう、オーナさんの、せいじゃ」

ミアの口から、言葉が雨のように落ちた。

「ちがう、そんなの、オーナさんは、オーナ、さん、は」

意味などないのに、何度もミアは繰り返した。

「ふざけ、こいつ、いてえ、最悪だ、最悪すぎる、くそっ、金玉残ってんのか俺」

肺胞の魔女が、銃身を杖《つえ》に身を起こした。

「はぁー、すぅー、はぁー、まだいてえよ、だから女は嫌なんだ、分かってねえんだよ、これ人生最悪なんだよ痛みが」

深呼吸した魔女は、ミアと目が合うと、憤りのぶつけ場所を見つけたように笑みを浮かべた。

「お前のせいだよ。お前のせいで死んだ。辛《つら》いな？　分かるよ。でも俺も辛いんだ」

突然、心臓が跳ねるように一打ちした。

「わたし、の、せい？」

「そうだろどう見ても。お前しかも無駄死にだぜ。お前が逃げてりゃまだよかったなーって死ねたんだぞこの女は」

噴き上がった感情を名づけ得ず、ミアはすこし戸惑う。

意味なんかなくても、何度だって言う。オーナのせいじゃない。絶対に。

じゃあ、誰の？

「ちがう」

ミアは言った。

「そんなの、まちがってる」

じゃあ、誰のせいだ？

決まっている。

目の前で世界全部に八つ当たりしている居直ったろくでなしのせいに決まっている。

——これウチの場合はってだけだから真に受けなくていいんだけど……怒ったね。ウチは。

オーナの言葉をミアは思い出す。

——怒った方がいいですか？

——今度やってみ。

オーナの遺《のこ》した声が、ミアを賦活《ふかつ》する。

脚には力が入らなかったから、ミアは壁に背を預け、ずりあがるようにして立ち上がった。とぼけた顔の間抜けを鋭く睨《にら》んで、歯を食いしばった。奥歯が軋《きし》む音を立てた。

本当はずっと、怒るべきだったのだ。絶望するのでもなく、自分を責めて傷つけるのでもなく。相手が自分よりもずっと強くて、ずっと乱暴で、ずっといかれていたとして、なにひとつ自分のせいではないのだから。たとえその結果、なすすべなく殺されるのだとしても、怒るべきだったのだ。

一生このまま自分を恨んでぼけっと過ごすのか？　なめるな。私は怒ってるんだ。

「んだよ？　逆切れかよ？」

「完璧に順当で正当に怒ってるんです。だってオマエが全部悪いんだから」

「あっそ」

肺胞の魔女はミアに銃口を向けた。ミアはこの上ない満足感に抱かれて死を待った。

◇

雑居ビルの屋上から、拷問の魔女はにじのいえを見ていた。

正確に言えば、肺胞の魔女の毒によって引きはがされ、浮遊する、二階部分を。

拷問の魔女は、ボタンホールに留めたｉＰｏｄ　ｓｈｕｆｆｌｅのボタンを押し込んだ。マカロンみたいな形の折り畳みヘッドフォンがｗｏｗａｋａの『ワールズエンド・ダンスホール』を鳴らした。

ｉＰｈｏｎｅの地図アプリを立ち上げる。直線距離は３７０メートル。すこし下がって、微調整する。

「一秒」

呟《つぶや》いて、彼女の姿が消える。

◇

上からひっぱたかれたように建物が揺れて、それは、突然現れた。

夜みたいな黒髪に虹色のインナーカラーを入れた外跳ねおさげ。右耳には星座みたいな無数のピアス。引き結んだ唇からのぞく、銀色の牙《きば》ピアス。オーバーサイズのスタジャン、袖口からのぞく細い白い手首と、深緑色のオープンフィンガーグローブ。

銀縁の丸眼鏡の向こう側、闇色をした瞳に刻まれた、怒り。

拷問の魔女は、ずっとその場にいたみたいに、噴火の部屋に立っていた。

呆気《あっけ》にとられる肺胞の魔女とミアと、血を流し尽くしたオーナを順に見て、拷問の魔女はミアに視線を据えた。

「ごめん」

拷問の魔女はミアを抱き、背中を撫《な》でた。苛烈《かれつ》な暴力をもたらす拳《こぶし》は開かれて、慰《なぐさ》めるようにやさしく背骨の上を往復した。かすかなすずらんの香りをミアは嗅いだ。

安堵《あんど》が、感謝が、怒りが、哀《かな》しみが、涙となって下瞼《したまぶた》の堰《せき》を切ろうとする。ミアは強く目を閉じる。ぜんぶ、違う。オーナが死んでしまったと泣きつくことも、どうしてもっと早く来てくれなかったのかと憤ることも、無力な自分に差し伸べられた救いの手を考えなしに掴《つか》むことも、ぜんぶ、ミアの怒りを、殺意を、憎悪を、薄めてしまう。

抱きしめられながら、ミアは肺胞の魔女を見据える。

「な、んでまた、どう、やって」

肺胞の魔女の震える声に、拷問の魔女は向き直った。

「まだ殺していないから」

拷問の魔女が、構えた。

右足を大きく引いてつま先を斜めに向け、拳を持ち上げた。長身を恥じるような猫背が、杉の木のようにまっすぐ伸びた。

拷問の魔女は右足を大きく横に出し、前にしていた左足をひきずるように引き付けた。姿勢を変えず、視線も切らないその動作一つで、拷問の魔女は肺胞の魔女の横に回り込んだ。

「くぉっこっこっろしてみろよォ！　雑魚《ざこ》がよォ！」

肺胞の魔女は体ごと旋回して発砲する。拷問の魔女は上体を深く沈めながら踏み込み、右拳を肺胞の魔女の腹に叩《たた》きつけた。放たれた銃弾はマットに穴を開け、ゴムの焦げる臭いをまとった煙が一条立ち上った。

「あッごあっ」

拷問の魔女は逆回しのような正確さと速さで構えに戻り、腹を押さえて後退する肺胞の魔女をステップで追った。コンパクトな左の打撃を二発、顔面めがけて放ちながら前進。二打目の着弾とほとんど同時に短いステップを入れて、右の拳《こぶし》をまっすぐ伸ばす。

顔のどまんなかを捉えた打撃は、しかし、肺胞の魔女の鼻を押し潰《つぶ》すことも前歯を何本かへし折ることもなかった。肺胞の魔女は殴られた勢いで部屋を飛び出すと、廊下の窓に跳ね返されて無重力遊泳のように宙を泳いだ。

「へ、へひ、ひひひ！」

肺胞の魔女は耳障りな甲高《かんだか》い笑い声を上げて着地した。

「そ、そォーうなんだよばぁーか！　はっぱ、お前、浮かんでる葉っぱを殴って砕けるか？　おい！　なあ！　肺胞の魔女だぞ！　俺は！」

「そうだね。知っているよ」

「知ってんならァ！」

まっすぐ突っ込んできた拷問の魔女に向かって、肺胞の魔女は発砲した。拷問の魔女は伏せるように姿勢を低くすると肺胞の魔女の左足に抱きついた。

膝裏《ひざうら》で両手をクラッチし、こめかみで股関節を押さえ付け、体を半回転させて肺胞の魔女を引き倒す。倒れた肺胞の魔女にまたがり、両脇に両膝を突っ込む。

シングルレッグからのテイクダウン、速やかなマウントポジションへの移行だった。

「浮かんでる葉っぱの殴り方、教えようか」

拷問の魔女はスタジャンの袖をまくって、まっしろい腕をむきだしにした。畳んだ腕を振り上げ、肺胞の魔女の額めがけ打ち下ろした。

「いぎっ」

肘骨《ちゅうこつ》と頭蓋骨《ずがいこつ》の、鈍《にぶ》い衝突音。

「地面に押し付ければ、簡単に砕ける」

「かっ、あっ、がっ」

三度目の右肘《みぎひじ》で、肺胞の魔女の額が割れた。拷問の魔女は血を流す裂《さ》け目に肘を押し当て、傷口を広げるように擦《こす》った。

溢《あふ》れる血が目に流れ込み、肺胞の魔女は反射的に目を閉じた。拷問の魔女は上体を起こすと、堅く握った拳《こぶし》を肺胞の魔女の目に向かって何度も打ち下ろした。肉と骨の衝突する湿った音が廊下に響いた。

「があああ！　カスがあああ！」

肺胞の魔女は背筋の可動域いっぱいにのけぞった。拷問の魔女の体が、手放された風船のようにふわりと浮いた。肺胞の毒を浴びせられたのだ。肺胞の魔女は目を閉じたまま床を手探りし、銃をひっつかむとやみくもにぶっぱなした。

銃弾は額に直撃し、拷問の魔女は天井まで吹っ飛んでからうつぶせに落ちた。

「おおあ？　まじか……当たってたわ」

目に流れ込む血を拭《ぬぐ》った肺胞の魔女は、突っ伏す拷問の魔女をしげしげと見つめた。撃った当人がちょっと当惑するほど正確な一射だった。鉛《なまり》のペレットは間違いなく魔女の額を叩《たた》き割った。

「あ、当たったろ？」

「そうだね」

即死したはずの拷問の魔女が、ごろりと、仰向《あおむ》けになった。

「じゃあなんで……くそっ、心臓の魔女か？」

心臓の魔女、その毒は不死。自己認識への復元能力。ひとさし指の魔女が魔女狩り時代に所有していたことで、もっともよく知られる毒となった。

「どうだろうね。だとしたらどうする？」

倒れたままで、拷問の魔女は肺胞の魔女を挑発した。肺胞の魔女は、割れた額をコートの袖で押さえ、銃口を拷問の魔女に向けて沈思した。

心臓、あるいは類する毒の持ち主であれば、撃つだけ弾の無駄だ。とはいえ、こちらを無力化できるものではない。どうやら瞬間移動の毒も持っているようだが、これも攻撃に使う様子はない。膠着《こうちゃく》状態だ。

肺胞の魔女がやりたいのは弱者をいたぶることだ。命がけの戦いをするつもりはなかった。

「引き分けだろ、これ」

あっさりと、肺胞の魔女は殺意をひっこめた。

「そう？　あたしはまだ、オマエを殺す気だよ」

「いやできねえしどう考えても。交渉だ、拷問の魔女」

肺胞の魔女は銃把《じゅうは》でガラスをノックしてから、銃口を、廊下に倒れる子どもに向けた。

「今ここが何メートルあるか分かるか？　俺にも分かんねえ。一つ言えるのは、毒を解除したら建物も生き残りも潰《つぶ》れるってことだけだ」

「筋は通っているね」

拷問の魔女は落ち着き払った仕草で立ち上がり、スタジャンの背中を払った。肺胞の魔女は倒れる子どもに横歩きで歩み寄り、左腕で担《かつ》ぎ上げた。

「ゆっくり着地させてやる。誰も死なねえように。だから、俺を見逃《みのが》せ」

「それが交渉？」

「すげえ譲歩してやってんだろぼこってきたカスに止まれ動くな！」

無造作に歩き出した拷問の魔女を制して、肺胞の魔女は声を張り上げた。

「お、お前、なあ、おい、ふざけてんのか？　ガキども殺したいか？」

肺胞の魔女は、横抱きにした子どもの頭に銃口を押し付けた。拷問の魔女は鼻を鳴らして立ち止まった。

「あたしは一貫しているよ。オマエを拷問して殺す。それ以外はどうでもいい」

「へ、はは！」

肺胞の魔女は攻撃的に笑った。

「その割におしゃべり付き合ってくれてるよな？　甘ったれてんだよ。お前、正義の魔女やりてえんだろ。くだらねえがどうでもいい。俺を逃がせ。分かったらそこで跪《ひざまず》け」

「うん、分かった」

拷問の魔女は素直に応じると、躊躇《ちゅうちょ》なく膝《ひざ》をついた。あまりにも速やかな変わり身で、肺胞の魔女は虚を衝《つ》かれたように目を見開いた。

「くそっ、なんだこいつ？　やりづれえんだよ」

「はやく降ろして」

「今やってんだよォ！　うるせえなあバカが！」

窓から見える光景が、ゆったりとした降下に転じた。拷問の魔女は一瞬だけ窓外に目をやった。

質量の失《う》せた躯体《くたい》は、風に大きく吹き流されていた。にじのいえの二階部分が着地したのは、横浜市内のどこにでもある広大な空き地の一つだった。

「驚いた。本当に約束を守ったんだね」

拷問の魔女が立ち上がった。

「いちいちうるせえなこいつ……まあいいや。じゃあなクソ魔女。死んでろカス」

肺胞の魔女は毒を起動し、銃で叩《たた》き割った窓から風船のように浮かび出た。

直後、眼前《がんぜん》に拷問の魔女がいた。

「は……なァあああ⁉」

拷問の魔女は肺胞の魔女の頭を掴《つか》んで地面に押し付け、顔面を右足で思いきり踏みつけた。

「ぶわぅっ、なんっ、でぇ⁉　やっ、約束、約束！」

「あたしも、約束は守ったよ」

衝撃で浮かび上がろうとする体を左足で踏みつけ、顔めがけて杭《くい》のように右足を繰り返し打ち下ろす。肺胞の魔女の顔面はあっという間に変形していった。

「や、べっ、ぶぃっ」

肺胞の魔女は、喉《のど》に転がり落ちてきたものを反射的に飲み込んでから、それが歯茎から脱落した前歯だと理解した。

「見逃《みのが》してから、追いついただけ。良い取引だったよ、星5だね」

「うばァあああああ！」

肺胞の魔女は、脇に転がる子どもの服に指を引っ掛け、腕を振り上げた。斜めに打ち出された子どもの肉体は高さ数十メートルまであっという間に上昇すると、垂直の自由落下を始めた。

地面を蹴って跳ねた拷問の魔女の姿が、消えた。一瞬の後、彼女の肉体は中空にあった。

拷問の魔女は、またたきのように消えては現れた。数度目の再出現で、彼女は落下する子どものすぐ横に到達した。

もろともに落下しながら、魔女は子どもの肉体を手繰《たぐ》り寄せ、左腕に抱いた。右手をなびかせながら落下し、背中から地面に叩きつけられた肉体は数十センチ弾んだ。衝撃で外れたヘッドフォンが枯草を巻き込みながら転がっていった。

「だい、じょう……」

声をかけようとして、拷問の魔女は口をつぐんだ。死体だった。拷問の魔女は、最初から諦《あきら》めていたように、ごくごくわずか眉をひそめただけだった。

「へ、平気ですか？」

割れた窓から、ミアがおずおずと顔をのぞかせた。

「ごめん。また逃がした」

「わあああ！　手！」

「手？」

「右手が！」

躯体《くたい》から飛び出した鉄骨が、拷問の魔女の右手のひらを貫いていた。魔女はうんざりしたようなため息をつくと、左腕の袖を強く噛《か》み、鉄骨から強引に手を引き抜いた。

「だ、大丈夫ですか！　じゃない絶対に！　完全に痛い！」

拷問の魔女の、きつく閉じられた瞼《まぶた》から涙がにじんだ。魔女はしばらく胸を上下に動かして激しく呼吸していたが、やがて濡《ぬ》れた目をミアに向けた。

「あたしのバッグを取って来てくれるかな。さっきの赤い部屋に置いてきたんだ」

「バッグ！　なんの！　あなたの！　はい！」

ミアはすっ飛んでいき、スクールバッグを抱えて窓から飛び出した。オーナのことは、見ないようにした。

「ありがとう、虹彩《こうさい》の魔女。置いておいて。それと、この子をお願い」

拷問の魔女は、血の通わないからだを、そっと地面に横たえた。

「あ、あの……追いかける、ん、ですか？」

スクールバッグを背負った拷問の魔女は、ミアの問いかけに首肯した。

「拷問して殺すって決めているからね。それじゃあ」

長身を恥じるような猫背で、左手をポケットに突っ込み、血を流す右手をぶらぶらさせながら、魔女は歩き出した。

ミアは、立ち竦《すく》んでいた。

背後からは、泣き声と呼ばわる声が聞こえていた。まだ屋内には助けを求める人がいて、助けようとする人がいた。オーナがいた。目の前にも、悼《いた》むべき小さな体があった。泣き喚《わめ》いて甘えてすがりたかった。そうあるべきだし、そう望まれていたし、そう望んでいた。

ミアは、魔女を追う。

背後には庇護《ひご》と安寧《あんねい》と弔慰《ちょうい》と共感があった。進む先には死と荒廃と隔絶があった。

だけど、ミアは、恋をした。

恋のことなんて知らない。でも、これはきっとそうだ。灼《や》けるような思いと、求めているものの傍《そば》に在《あ》りたいという感情を恋だとすれば、ミアは、恋をした。

拷問の魔女の、怒りに恋をした。

彼女の怒りの、傍に在りたい。

「まっ、待って、待ってください！」

呼び止めると、拷問の魔女は立ち止まった。

「なに？」

「けっけが、けがしてるから、それで、わたしの家、家っていうか工場なんですけど、そんな遠くなくて、だから、だから、治療を」

「要らない。でもありがとう」

「じゃ、あ、だから、だから」

闇色の瞳は赤橙《せきとう》の虹彩《こうさい》にぴたりと据えられていた。ミアは取り繕《つくろ》いを捨てて、深い怒りと正面から向き合った。

「わたしを……相棒にしてください」

「いいよ」

「やっその無理なのは分かって、えっ？　いいって言いました？」

「うん」

「すみませんその、ちょっと確認なんですけど、相棒っていうのはどういうことかっていうと」

拷問の魔女は、唇の端を持ち上げた。笑ったようだった。

「いっしょに殺そう」

身震いしたのは、感動と、同量の恐れが身を貫いたからだった。

「蛞頭巳蛙《かっとうみあ》です。蛞蝓《なめくじ》と巳《へび》と蛙《かえる》で、セルフ三すくみの蛞頭巳蛙」

「覚えやすいね」

「ありがとうございます」

「あたしは、アリカ。泥雨有果《どろうありか》。髄鞘《ずいしょう》の魔女」

「魔女狩りでもありますね」

「そう、ただの魔女狩り。よろしく」

アリカが差し出した血みどろの右手を、ミアは両手で包むように握った。

「痛い」

「わっごめっ、えええ？　自分で差し出して……ごめんなさい」

「行こうか」

「あ、はい、その、それじゃあ、わたしの家、工場、えと、案内しますね」

「うん。お願い」

魔女と魔女狩りの、拷問と日常がはじまる。

◇

仮設商店街と空き地と背の低いビルが並ぶ街並みを抜けて、十五分ほど歩いた先に工場はあった。シャッターの降りた正面口から右手側に回って小さな扉を開け、ミアは薄暗がりの中、手探りでスイッチを押した。

冷たく白いＬＥＤに照らされたのは、がらんとした空間だった。

「前までワイヤーカッターあったんですけど、リースだったんでもう返しちゃいました。お父さんとお母さんが死んで、工場も稼働してないんで」

貧相な内装を恥じる早口で喋《しゃべ》りながら、ミアは工場内を進んでいった。鉄骨がむきだしになった殺風景な室内は、陽射しがない分、外よりも冷たくミアには感じた。

「おばあちゃんが、ここはお父さんの頑張ってた場所だから遺《のこ》したいって言ってて。それでわたし、保守っていうか、まあ、そんな感じで住んでて……こっちが事務所です」

アリカはてのひらの傷を左手の袖で押さえ、血を垂らさないようにしながら、黙ってミアについていった。

事務所は、コンパネで区切られた一角だった。すりガラスの入ったアルミ扉を押し開けると、コンパネがぐらついた。

窓際にはすのこベッドが置かれて、対面の壁には工具の掛けられたワークベンチがあった。机上には使い古されたはんだごて、半端に引き出されたはんだ、銅の吸い取り線、コンデンサや抵抗が挿さったブレッドボード、エナジードリンクの缶、封を切っていないコンビニ弁当、ウェットティッシュの箱、空っぽのピルケース、解熱鎮痛剤のシートが散乱していた。

ワークベンチの脇、スチールラックの上段に3Dプリンタが設置され、下段にはフィラメントと防湿材の入ったふた付き収納、研磨剤やスクレーパーや紙やすりが無造作に突っ込まれたスクエアボックスが並んでいた。

もう一面の壁には事務机がつけられて、林立する本の塔の間にノートPCが置いてあった。

「水道はある?」

部屋を見回してからアリカは訊《たず》ねた。

「ああ！　外ですごめんなさい！　さっきの扉出て右手！　トイレの横！」

「ありがとう。洗ってくる」

アリカが戻ってくるまでのあいだ、ミアは部屋じゅう引っ掻《か》き回して消毒薬だの包帯だのを探した。結果的に、引き出しの奥底から発掘したそれらは一つとして役立たなかった。アリカのスクールバッグには、一通りの応急処置を可能とする衛生用品や薬が入っていた。

貫かれた掌《てのひら》に包帯を巻いたアリカは、抗生剤を口に入れると、机上のエナジードリンクを勝手に取って飲み下した。

「その、病院、とか」

アリカは首を横に振った。なかば分かっていての質問だったから、ミアはそれ以上、深く追及しなかった。

「二時間寝る」

だしぬけに言って、アリカはベッドに横たわった。

「おやすみ」

目を閉じて数秒で、アリカは寝息を立てはじめた。

あまりにも、振る舞いがのびのびしていた。まるで野良猫だとミアは思った。おとなしく後をついてくることもあれば、好きなところに移動して好きなように寝て、なによりも、考えていることがまったく分からない。

穏やかな寝息を聞いていると、全身から疲れが噴き出した。ミアはキャスター付きの椅子に腰を下ろすと、背もたれをめいっぱい後ろに倒して体重を預けた。

体を丸めて横寝するアリカを見下ろす。ふと、ぶかぶかのスタジャンや分厚いタイツに、なにかがくっついているのに気づく。

センダングサの種子だった。ひっつきむしと呼ばれている、先端のとげが服に引っ掛かる細長い種だ。

ちいさいころ、草むらをかきわけて歩いた。友達の家への近道だったからだ。おろしたてのコートにびっしりひっつきむしがくっついているのを見て、友達はミアを笑った。ばかにされた悔しさと、新しいコートを傷だらけにしてしまった申し訳なさで、めちゃくちゃに泣いたのをミアは思い出す。

アリカも、枯草の生えた道なき道を突っ切ったのだろう。人間の敷いた道など関係なく、好きなところを好きなように進む猫みたいに。想像して、ミアはほほをゆるめた。ほんの一時《いっとき》、血と惨劇のイメージが脳裏から消えた。

思考は取り留めもなく散乱していき、ミアは目を閉じる。

ミアは目を開ける。

アリカが、立ったままコンビニ弁当を食べていた。

「あ……おはようございます、ええと」

「おはよう。レンジを借りたよ」

「はい」

「お弁当もいただいた」

「そうみたいですね」

「ごちそうさま。ありがとう」

「ええ、あの、はい」

のびのびしすぎている。猫だ。おばあちゃんは地域猫の面倒を見るのが好きで、庭に陶器のボウルを置いて、そこにいつも猫用のエサを盛っていた。猫はぷらっとやって来て、さっさとエサを食い、愛想の一つも振りまかずに立ち去った。

「サラダチキンはある？」

「えっ？　ないです、すみません」

地域猫がけっこう生意気にも選り好みして、まずいのか形が気に食わないのか、ある種のエサに見向きもしなかったことをミアは連想した。

またもエナジードリンクを拝借して一息に流し入れたアリカは、事務机の下からオットマンを引っ張り出して腰かけると、ミアを見上げた。

「覗《のぞ》いて」

ミアの心臓が、強く一打ちした。歓喜と恐怖は等量だった。

「アリカは……わたしの毒のこと、知ってるんですね」

アリカはうなずいた。

虹彩《こうさい》の魔女、その毒は遠視。タグを付けた対象を俯瞰《ふかん》する。

ミアは目を閉じ、毒を起動した。視神経を介さず、光景が脳裏に展開される。

「行こうか」

◇

あらゆる有意味な尺度から照らして、林健一《はやしけんいち》は好人物だった。

友人の急死に接した林は大学を中退、看護学校に入学し、卒業後は横浜市内の病院に看護師として勤めていた。人魚災害発生直後は避難所で率先してけが人の救護に回り、救護対策現地本部の設置を知ると、志願してスタッフとなった。

人魚によって父を喪《うしな》いながら――林の父が働いていた地方法務局は、人魚がとくに念入りに破壊した合同庁舎に入居していた――も、林は、一人でも多くの人間をこの手で救いたかった。それが父への供養になると信じていた。

災害発生から五日後、市内三か所に設けられた対策本部のうち、林が配属されたのはりんかいフランス波止場公園本部だった。ドイツ政府から供与されたスプラングシェルター（これは本質的にはばかでかいテントでしかない代物だった）に、用意できたのは机と椅子と数台のノートＰＣのみ。空調設備も寝具もないまま、二十四時間体制での稼働が始まった。

後から振り返れば当然の成り行きではあったが、救護対策現地本部は、初日から混乱と失敗ととめどない怒号の渦に放り込まれることになった。

被災住民はありとあらゆる要望を山盛りに抱えてりんかいフランス波止場公園を訪ね、画期的な解決案どころか鎮痛剤の一つも出せない医師や林を詰問《きつもん》し、叱責《しっせき》し、面罵《めんば》し、泣き落とそうとし、最後には失望のため息を吹きかけた。対策本部に用意されているのは机と椅子と無力なスタッフと熱暴走するノートＰＣだけだった。初日の相談件数は二百六十件、このうち二百三十一件までがクレームに転じた。

頭が痛い、傷が膿《う》んだ、水がない、食事がまずい、避難所が夜でも消灯しないから眩《まぶ》しくて眠れない、知人が見つからない、肉親が見つからない、おまえたちは何の役にも立っていない、来るだけ無駄だった、年寄りを見殺しにするのか、おまえが死ね。

災害対応は遅れ続け、間違い続けていた。ある避難所では溢《あふ》れかえった物資を廃棄していたし、ある避難所では飢餓状態に陥《おちい》る被災者が現れた。救護対策現地本部は、怒りの収束点としてのみこの上なく機能した。

ろくな増員もないまま、現地本部には地区パトロール隊のとりまとめやボランティア活動への支援などの業務が次々降ってきた。相談件数とクレーム件数は日を追うごとに増していき、内容も加速度的に多様化していった。大学で英文学を専攻し、その後は看護師として生きてきた林が、滅失住宅の再建や借地権にまつわる問題を解決できるわけがない。今後は弁護士会との協力を、などと苦しまぎれの言葉を口にする林に向かって、多くの相談者はこう言った。

「おれらの税金で食ってんだろ。たまには役に立てよ」

相談者の言葉は一から十まで間違っている。林は職場からの出向というかたちでスタッフとなったのだし、林を恫喝《どうかつ》してみたところで相談者の人生はなにひとつ好転しない。

林は、揺らがなかった。劣悪な環境はかえってスタッフ間の連帯を醸成《じょうせい》したし、時間が経《た》つにつれてさまざまな企業の社員ボランティアが参加してくれた。

その日、林は炊き出しボランティアの支援に就いていた。福岡からやって来たというボランティア団体の作った料理に被災者は涙を流して感謝し、舌鼓《したつづみ》を打ち、交流を楽しみ、一人の子どもが呼吸困難に陥ったことで破滅的な展開を迎えた。

調理を担当した者が、えびで出汁《だし》を取っていたのだ。

幸い救護対策現地本部にはエピネフリンの備蓄があった。速やかな投与により、えびアレルギーを起こした子どもは死なずに済んだ。問題を起こしたボランティア団体が尻に帆をかけて逃げ出したため、被災者の怒りと恨みは全て現地本部に、とりわけ、林に向いた。

面と向かって、あるいはオンラインで、あるいは電話で、絶え間ない罵倒《ばとう》を浴び続けた林は、ある朝、ベッドから出られなくなっている自分を発見した。無断欠勤を訝《いぶか》しんで林の家を訪れた同僚は、靴下を握りしめたまま天井を見上げる林を見て全てを察した。

みんな、とっくに限界だった。理不尽な災害に晒《さら》されてなお他人に手を差し伸べようとする善意のひとびとは、その善意ゆえに追い詰められ、壊れていった。林もその一人だった。

三年、生きているのか死んでいるのか分からないような日々を送った。動き出したのは回復したからではない。奥歯が耐えがたい激痛を発しはじめたからだ。

この三年間、激しいじんましんに悩まされ、市販のジフェンヒドラミンを常用していた。副作用の口腔《こうくう》乾燥が虫歯を招いたのだろうと推測してから、林は自分に驚いた。どうやらまだ医療従事者らしいところが残っている。痛みが彼の精神を手荒に再起動していたようだった。

いい機会だ、と、林は思った。壊れた部分を少しずつ手直しして、動きはじめるべきときだ。

そこで林は、ポストに突っ込まれた真っ赤な封筒の存在を認識することとなった。

被災者には、国民健康保険料、国民年金、市民税などの減免措置が適用されていた。各種手続きを林に代わって申請したのはあのとき様子を見に来た同僚だったのだが、それは彼の記憶に残っていない。

特例措置のうち、国民健康保険料、市民税については一年前に期限切れとなっていた。林はこのとき、一年間の滞納によって被保険者資格を喪失していたのだ。なお悪いことに、林には、歯科治療を無保険で完遂するほどの資産が残っていなかった。

かくて林は、歯痛を抱えながら横浜をさまよった。かつて155メートルの威容を誇った横浜市役所は人魚によって完全に破壊されており、部局はあちらこちらのビルに分散していた。やっとの思いで辿《たど》り着いた健康福祉局の埃《ほこり》っぽいカウンターで、保険年金課の職員は林に失望のため息を吹きかけた。今は相談者として、かつて相談者にそうされたように。

「未払いあるの分かってるよね？」

「はい、今日はその件で……」

「とにかく払ってもらわない限りはどうにもならないんで」

歯が痛いな、と、林は思った。

なんだか世界一みじめだ。

「月に、まあ一万、一万ぐらいはなんとかね。なるでしょ。最低でも。いま請求書起こすから待っててくださいね」

コンビニ払いの紙切れを押し付けられて、林は健康福祉局を後にした。

その足で実家に戻った林は、亡父の部屋からボンベと空気銃を持ち出した。週末農業を趣味にしていた父が、害獣駆除に使っていたものだった。

彼は健康福祉局が入居するビルの前で、待った。林を対応した職員が出てくると、後をつけた。人気《ひとけ》の失《う》せた路地で、発砲した。

背中を狙った一射は大きく狙いが逸《そ》れ、左肩を抉《えぐ》られた職員はひっくり返って泣きながら呻《うめ》いた。林はしゃがんで、職員の額に銃口を押し付けた。

「おれらの税金で食ってんだろ。たまには役に立てよ」

引き金を引いて、はじめての殺人はあっけなく終わった。

直後、奇妙なことが起きた。職員の胸から、なにか透明なものが浮かび上がってきたのだ。

泡。ちょうど両手で包めそうな大きさの、虹色にきらきらする、シャボン玉みたいな泡が弾《はじ》けて生き物が飛び出した。皮を剥《む》かれた猿の上半身と腐った魚の下半身をくっつけたような化け物だった。

人魚は林の胸にへばりつくと、肉を裂《さ》いて肺に潜り込んだ。

こうして林は肺胞の魔女となった。選ばれたのだ、と、直感した。友人の急死に際したときと同様の使命感が、林の心中に芽吹いた。

怒り、殺すべきなのだ。そのために魔女として選ばれたのだ。

誰でもよかったが、正しくありたかった。世界に対して怒りをぶつけるのであれば、まっとうな理由がほしかった。怒りの捌《は》け口は、自分と同じような社会の寄生虫がふさわしかった。

人間一人の命の分だけ軽くなったボンベをカートに載せて曳《ひ》く帰路、肺胞の魔女が見たのは、町内掲示板に貼られた『横浜にじのいえ　クリスマス会のお知らせ　十二月十二日（土）』のポスターだった。

◇

間違ったことはしていないのだと肺胞の魔女は思った。今でも正しく、誰かのために生きている。だが拷問の魔女は頭のいかれた快楽殺人鬼だ。こちらの言い分が通用するとはもはや思わない。

殺人鬼は猟犬のように自分を追い詰め、殺すだろう。肺胞の魔女は、覚悟を決めた。

「やってやるよ……やってやるよ魔女バトル。なめやがってカスが、来やがれ。殺してすり潰《つぶ》してやる」

夕闇の中で、肺胞の魔女は決意を口にした。

◇

「こんなこと言ってますけど、肺胞の魔女」

「うん」

「うんではなくない？」

事務所のベッドに座るアリカは、三つ目のサラダチキンの封を切った。プレーン、バジルときてカレー風味だった。

「んむぐむ肺胞の魔女は」

「口にもの入れてしゃべんないでください」

「ごめん――肺胞の魔女は、手ごわいからね」

サラダチキンを食べ終えたアリカは、スクールバッグからプロテインとBCAAのばかでかい袋を取り出した。

さきほどの『行こうか』は、どうやら『コンビニに』という目的語を省いたものだったらしい。コンビニに付き合ったミアは、戻ったアリカがスクワットを始め、しかも「ケトルベルはある？」みたいな図々しいことを言いはじめたところでなんかいろいろ諦《あきら》めることにした。アリカは二リットルのペットボトルをダンベル代わりに、悠々とトレーニングメニューを片付けた。

「戦《や》り合ってみて、毒を浴びてから日が浅そうなことは分かった」

「そうなんですか？」

「ミアが肺胞の魔女で、魔女バトルするとしたら、質量操作の毒をどう使う？」

アリカがBCAAとミルクを入れたシェイカーをがしゃがしゃ振っているあいだ、ミアは問いについて検討した。

「重くすることもできるんですよね。さっき、二階を地面までゆっくり降ろしたみたいに。変動幅は？　ゼロから元の質量まで？」

「断定する理由はないよ」

「だとしたら、負の質量を与えることも……言い出したらきりがないですね。現実的な範囲で考えると、能力の限界まで小さいものを、能力の限界まで重くして落とすかな。砂とか雨粒とか」

「いいね。他には？」

「室内に誘導して、天井に見せかけた大質量を落とす？」

「才能あるよ」

「えー？　やめてくださいよそんな。へへ、悪い気がしねえ。じゃあアリカだったら？」

アリカは泡だらけになったＢＣＡＡを飲み干し、口元の泡を舌でなめた。

「相手の質量を千倍ぐらいにする。接触か目視か存在の認識か、とにかく起動の条件を満たした瞬間に」

ミアはやや面食らった。

「ありなんですかそれ」

「断定する理由は？」

「ないですけど、なんか、ちょっと、こう、なんだろ、即死すぎるくないですか」

アリカはどうでもよさそうに肩をすくめると、気泡が残るシェイカーにプロテインをぶちこんだ。

「うん、はい、分かりました。そういうことしてこなかったから、相手は素人《しろうと》ってことですか」

「分かってもらえてうれしい」

「アリカは、ここからどう動くつもりなんです？　相手もうばっきばきに覚悟決まってますよ。それこそいきなり潰《つぶ》してきそうなぐらい」

「二時間ぐらいかな」

ミアが首をかしげ、アリカは言葉を続けた。

「覚悟が切れるまで」

◇

三十分で、準備を整えた。次の三十分、期待と怯《おび》えと興奮の渦中にいた。その次の三十分で不安になって罠《わな》の全てを組み替えた。最後の三十分で、うとうとしはじめた。

眼窩底《がんかてい》骨折、裂傷、無数の打撲傷。視界はずっと二重だったし、どういうわけか上唇の右側が痺《しび》れていたし、殴られた箇所は漏《も》れなく痛んだし、発熱もあった。肉体は栄養と休息を抗《あらが》いがたく要求していた。

終わったら病院だ。保険証もどうにかする。まともな職員が出てくるまでガチャを回せばいい。歯も治す。復職する。だれかを、救う。

ただ助けたかった。友人は急死した。自殺だった。止められなかった。だから、その分、他のだれかを。

眠りに落ちる直前の思考は取り留めもなく、そのくせ連鎖的で、助けた人間、助けられなかった人間、殺した人間の表情と仕草が次々に記憶から引き出されて、肺胞の魔女は呼吸できない自分に気づく。

「くがっ」

何かが首と腹に巻きついて、強く締め上げている。行き場を無くした血流が顔の内側をぐるぐる駆け巡り、痺《しび》れと熱さと痛みを感じる。首に巻かれた何かを引き剥《は》がそうと爪を立てる。逃げ出そうと踵《かかと》で地面を蹴る。毒を起動し、襲撃者もろとも浮かび上がる。混乱の極致にある頭が絞り出した抵抗は、しかし、いずれも何の役にも立たない。

アリカと肺胞の魔女、二つの肉体は、頭から踵までの線を軸に宙でゆっくりと回転していた。肺胞の魔女は苦悶《くもん》の、アリカは実験対象を観察するように冷徹な、それぞれの表情を浮かべて。

アリカの、リアネイキッドチョークだった。血流を遮断された脳は、数秒で意識喪失に至った。毒が失《う》せ、アリカと肺胞の魔女はまとめて地面に落ちた。

「終わり」

アリカは立ち上がり、背中の埃《ほこり》を払った。

「ずるすぎる……」

これは一部始終を見ていたミアの、まったく道徳的な感想だった。

はらはらと、枯れ葉が舞い落ちた。次いで降ってきた木の幹を、アリカは数メートルの空間跳躍で避けた。落ちた雑木は枝を弾ませながら時計回りに半回転し、アリカの背中を小突いて止まった。

肺胞の魔女が決戦場として選んだのは、臨港パーク近くのちょっとした緑地だった。落ち葉は踏みしだく音で接近を知らせる警報装置とも、広大な加害面積を持つ爆撃ともなっただろう。これによってアリカの動きを封じ、浮かせておいた木で押し潰《つぶ》す作戦だったと思われる。

「ミアの想定は超えなかったね」

アリカは、髪に載った落ち葉の葉柄《ようへい》をつまむと、指の間でくるくる回してから握り砕いた。

「ありがとう。ミアのおかげで楽に終わった」

「それはどうも」

「じゃあ、いっしょに殺そうか」

拍動が、冷たい血をミアの全身に巡らせた。殺すのだ。無力化して終わらせるのではなく、明確に、留保の余地なく、一つの命を終わらせるのだ。

オーナの指先を思い出す。剥《は》がれかけたクリスマスカラーのジェルネイル、指の隙間《すきま》から溢《あふ》れ出る鮮血。生物だったものが、数十キロの塊でしかなくなっているのだと認識するあの瞬間をミアは思い出す。

アリカはミアの返事を静かに待っている。

怒りをくべて、憎悪を燃やせ。死を薪《まき》にして、呪いで心を焼け。

「やりましょう、アリカ」

アリカは声も表情もなく、ただ首肯した。

◇

「こういうの、必要あるのかな」

「ありますよ！　だってアリカは拷問でバズりたいんでしょ？　まじょまじょみたいに」

「そうなの？」

「①椎骨の魔女を探したい、②恐怖で抑止力になりたい。これがアリカの目的ですよね」

「うん。魔女狩りが拷問しているのをぱくったよ」

「ほら。じゃあ必要なのはクオリティと拡散です。カスみたいな動画じゃ誰にも観てもらえません」

「それは知らなかった」

「わたしはＴｉｋＴｏｋに油圧プレス動画を投稿しようと思ったことが何度もあるんですよ」

「すごいね」

「でしょう。信じてください」

騒々しい声に、林は目を覚ます。光が目の奥に突き刺さって激しく痛み、彼はゆっくりと瞼《まぶた》を持ち上げた。

四角いフレームの内側に紙を貼り合わせ、アルミポールにクリップで留めた手作りのレフ板が、地面に置かれた投光器の光を受け止めている。三脚に設置されたハンディカムのレンズが、こちらを向いている。

無数のそれぞれ違った激痛が、林の意識を猛スピードで覚醒させた。椅子に座らされている。両手には手錠。腹と足首は、ベルトか何かで椅子とひとくくりにされている。

全身に、冷たくぬるりとした汗が噴き出した。拘束されている理由は一つしかない。今から自分は、拷問を受けて殺される。ＳＮＳに浮上してはすぐさま消される、質の悪い動画を林は何度か目にした。稚拙《ちせつ》で、だからこそ痛ましい拷問の手を、拷問の魔女は決して止めなかった。哀訴《あいそ》も慨嘆《がいたん》もヘッドフォンで遮断して、命がすり切れるまで痛みを与え続けた。

林は椅子めがけて毒を起動した。動かない。ボルトで床に留められている。呼吸が犬のように浅くなり、心臓が凄《すさ》まじい速度で鼓動した。

息を呑《の》む、その音で拷問の魔女はこちらを向いた。

喉《のど》が詰まった。涙が視界をにじませた。ただ生き延びたくて、ただ許してほしくて、だがなんの言葉も出てこないしふさわしい振る舞いは思いつけない。唇が、歯茎が、焦燥《しょうそう》と動揺にじんと痺《しび》れた。

拷問の魔女は、数秒間、無言で林を見下ろしていた。が、どうでもよさそうに背を向けた。

「カメラはどうやったら操作できるの？　ボタンがなくて分からない」

「いいですよわたしがやりますから」

「ありがとう。難しいね、機械は」

「おばあちゃんか？　今までよく撮影できてましたね」

「だからカスみたいな動画になっていたんだろうね」

「え、ごめんなさい。そういうつもりじゃなかったんですけど」

押し寄せる嘔気《おうき》にえづいたが、何も出てこなかった。拷問の魔女も、その横の金髪の魔女も、もはや自分を撮影素材としてしか捉えていないのだと理解した。

どうしてこんなことになった？　どこで何を間違えた？　やり直したい。くだらないミスの全てを遡《さかのぼ》って修正したい。もう間に合わない。死ぬ、嫌だ、どうして、死にたくない！

拷問の魔女が、スクールバッグからマルチツールを取り出し、ナイフを引き出した。刃渡り数センチほどの短い刃を指で挟み、持ち手を金髪の魔女に向けた。

「あ……わ、はい、そうですよね。決めたんですもんね」

金髪の魔女は、受け取ったナイフを震える両手で危うく把持《はじ》しながら、林の前に立った。

「あっ、あなたを、拷問します」

かすれた声には力がこもっていない。自分と同じぐらい怯《おび》えている、と、林は思った。

拷問の魔女はポケットに手を突っ込み、向き合う二人を数歩下がったところから見ていた。

金髪の魔女は、手始めに林の服の袖を切り裂《さ》いた。ナイフをぎこぎこと不器用に動かして、刃の先端が林の腕に触れると、咄嗟《とっさ》に引っ込めて繰り返し深呼吸した。ぎこちなく、たじろぎがちなその仕草を見ていると、林の精神は少しずつ安定してきた。

どうやら拷問の魔女は、復讐をやらせたいらしい。しかし、金髪の魔女は人を傷つけることに明らかな躊躇《ちゅうちょ》がある。ここが蟻《あり》の一穴となるかもしれない。

右袖を切り取り終えた金髪の魔女は、林の腕に、おそるおそるナイフを当てた。

「いいいっ！」

林は大げさに叫び、身を捻《ひね》った。ただただ怖気《おじけ》づき、ただただ無力な人間を演じてみせるのだ。音《ね》を上げた金髪が、自分を許すよう拷問の魔女に要求するかもしれない。そうでなくとも、遅滞はできる。逃亡と生存のすべを探すのだ。

林は肺胞の毒を限界まで広く投射した。建造物は、魔女どもが惰性に気づかない程度の速度で上昇しはじめたはずだ。取り返しのつかない高度に至るまで、およそ五分。たった五分粘れば、昼と同じやり方でこの場を乗り切れる。

「痛い、ですよね。オーナさんも、そうだったんです」

「はいぃいいい！　ごめんなさい、ごめんなさいいい！」

涙ながらに謝罪しながら、林は内心で嘲笑《あざわら》った。説教を始めるということは、許す糸口を探しはじめたようなものだ。情けなく振る舞い続けて時間を稼ぐ。魔女二人を追い出したあとも、着地するような愚は犯さない。このまま上昇を続ければ、偏西風に乗れるはずだ。

金髪は鼻をすすりながら林の手首にナイフを当て、引いた。鋭い痛みを意識の外に追いやって、林は思考を巡らせる。

「はっ……はっ……」

浅く苦しげな吐息を漏《も》らしながら、金髪の魔女は林の手首をぐるりと一周、傷つけた。血で滑るナイフを取り落とし、受け止めようと振り出した足で遠くに蹴とばした。拾いに行く気力も残っていないのか、金髪はその場にへたりこんだ。

「もう、十分です」

金髪が呟《つぶや》いた。湯のような柔らかく温かい安堵《あんど》を、林は噛《か》み殺す。ここからだ。拷問の魔女がどう動くのか、見極めなければならない。金髪にほだされて許すなら、それでよし。しびれを切らして殺しに来るなら、取引だ。

「そうなんだ」

拷問の魔女の、無関心な相槌《あいづち》。

「終わりにします」

立ち上がった金髪が、うなだれた林の視界から消える。替わって拷問の魔女の靴が視野に入る。取引のパターンだ。

林は顔を上げ、口を開き、

「なにそれぇ」

金髪が引きずってきた機械を見て情けない声を上げた。

取っ手と車輪と巨大なモーターを背負ったボンベだった。モーターからは太く堅そうなチューブが伸びている。

「エアコンプレッサーだよ」

拷問の魔女は端的に答えてからちょっと考えて、

「こういうのが好きなのかなと思ったんだ」

まったく無意味な一言を付け足した。

ナイフで刻まれた傷、コンプレッサー、もう十分という言葉、拷問の魔女の他人事《ひとごと》じみた相槌。導き出されるのは酷薄《こくはく》な結論だった。

真にいかれているのは拷問の魔女ではない。拷問を発案し実行に移した金髪だ。他者の肉体を損壊することに強く怯《おび》えながらも、発想にまるで躊躇《ちゅうちょ》が感じられない。

「まっ、ちょ、それっ、いやいやいや！　つっとってぁっとり、取引！　取引！」

「取引材料になりそうなものはとくにないかな」

「ちがっ、浮かせて、ここ、毒、俺、建物っ！」

「浮いてないですよ」

金髪がタブレットをこちらに向けた。高度計アプリが標高マイナス14メートルを示し、林の全身は潰《つぶ》れるような鼓動に合わせて痙攣《けいれん》した。

「オマエの毒の効果範囲はだいたい分かっていたからね」

「それでわたしたちが今どこにいるかというと、廃ビルの地下五階ですね」

建物の二階部分だけを毒で浮かせた。落ち葉のトラップを仕掛けた。たったの二度で、拷問の魔女は肺胞の毒を看破したのだ。最初から勝ち目はなかった。目を付けられた時点で死は決定づけられていた。

「あああああ」

希薄化した命を吐き出すように、林は息を漏《も》らした。

「話は終わり」

金髪が、チューブを手にした。拷問の魔女がスイッチを押し、ゆっくりとバルブを捻《ひね》った。モーターが唸《うな》りを上げ、吐き出される風量が増していくにつれ、歯科医が使うドリルのような甲高《かんだか》い音が鳴った。

「歯医者……」

まるっきり無価値な走馬灯が、林の脳内をぐるぐる回った。歯医者に行って、人生を立て直して、保険証も手に入れて、仕事をして、税金を払って、人の役に立って――

圧縮空気が、手首の切り傷めがけて吹き付けられた。傷がめくれ上がって肉が骨から剥《は》がれ、旗のようになびいた。やがて限界まで引き延ばされた靭帯《じんたい》が音を立ててちぎれ、皮膚と脂肪と筋肉と血管をひとまとめにした肉塊が林の背後に向かって飛んでいった。

べちゃりと、湿った音がした。濡《ぬ》れた肉が壁にぶつかる音だった。

「はっあああああああ！　あああああああああ！」

骨の剥《む》きだされた腕を振り回し、林は絶叫した。痛さとも熱さとも冷たさとも区別の付かない感覚が意識を圧し、林は、刺激に対して反射的に音を立てるだけの単純な出力装置に堕《だ》した。

「ああ、そうだ、忘れてた」

口を押さえてうずくまるミアに替わってチューブを手にしたアリカが、肺胞の魔女を闇色の瞳で見た。

「椎骨の魔女を探しているんだ。知らない？」

答えを待たず、アリカは肺胞の魔女の開いた口にチューブを突っ込んだ。吹き込まれた空気は脳をぐずぐずになるまで叩《たた》きのめしてから出口を探して暴れ回り、眼球と共に頭蓋《ずがい》から飛び出した。アリカの打撃で砕けていた眼窩底骨《がんかていこつ》が、せめてもの抵抗のように破片となって飛散した。頬《ほお》のわずかなひっかき傷は、しかし、アリカの毒によってまたたき一つの間に消えた。

惨劇を、ミアは、細大漏《も》らさず目に焼き付けた。魔女の、空虚な二つの穴となった眼窩から、血と脳の破片が涙のように垂れ落ちているのをミアは目に焼き付けた。

生を手放した数十キロの肉塊が、数秒前まで保っていた熱を大気中に発散していた。血が、体じゅうの穴という穴から湧き出る攪拌《かくはん》された体組織が、あたたかな湯気を立てていた。

怒りに任せて人を殺した末路は、きっとミアも同じだろう。それでも、もしミアの人生に春がまた来るのだとすれば、この温度こそが、この湿度こそが、春だった。

死体の肺から、泡がにじみ出た。アリカはそれを、目で追いもしなかった。

天井の高さまで浮かんだ泡が、弾《はじ》けて人魚の姿を取った。

「逃げちゃいますよ」

「どうでもいいよ」

「え？　でもほっといたらまた魔女に」

「どうでもいいんだ」

アリカはミアの言葉を遮《さえぎ》った。

ポケットに手を突っ込んで、アリカは、人魚に背を向けた。

◇

全天の群青《ぐんじょう》に薄青の兆しが見え、夜が明けようとしていた。ミアとアリカは、ミアの工場の壁にもたれかかって、缶コーヒーを手に東の空を見上げていた。

空虚と空疎《くうそ》がミアを満たしていた。奪われて、奪った相手を殺して、何も戻ってくることは無かった。魔女であれ友人であれ、死の手ごたえは平等に重かった。

夜明け前の、もっとも寒い時間だった。血を吸った服が凍りつくようだった。

「終わったね」

アリカが白い息を吐き出した。ミアは力なくうなずいた。

「いつから、こんなことを？」

問うとアリカは、考える間を置くように缶のふちを噛《か》んだ。

「人魚に……」

言葉を切ったアリカは、新鮮な傷の新鮮な苦痛を感じているように目を閉じ、唇を結んだ。ミアには、それで十分だった。ミアも同じだったから。あの日に種を蒔《ま》かれた怒りは、枯れ得ない強さで昏《くら》く咲き誇っていた。

「同情はいいよ。あたしはただの」

「歴史上はじめての、正しい魔女狩りですね」

ミアはアリカの言葉を先取りしてみせた。アリカは返事をせずに笑った。

韜晦《とうかい》の笑みだと、すぐに分かった。死んでいく肺胞の魔女を見ながら、アリカは顔を歪《ゆが》めていた。後悔と嫌悪が、彼女の体を内側から深く食い荒らしている。

寄り添うことはできないし、赦《ゆる》しを与えることもできない。アリカはそんなものを求めていないだろうし、ミアにも与えることなどできない。

だけど、一つの確信があった。その確信は、魔女と魔女狩りをこれからも繫《つな》ぎ留めるだろう。溶けて再び固まった鎖のように、ひどく歪んだ、強固な形で。

ミアは、恋をしたのだ。

だからミアは大げさに笑った。韜晦を、まねてみた。

「わたしにも魔女狩りの素養があったみたいです」

「それはいいね」

日常に戻れと、アリカは言わなかった。

「相棒ですから」

躊躇《ちゅうちょ》する無言のあと、ミアは、

「これからも」

そんな風に付け足してみた。アリカの顔ではなく、夜明けの空を見上げながら。

アリカは空《から》になった缶をどうしたものかしばらく迷うようなそぶりを見せ、ポケットに突っ込み、壁に預けていた背を離した。

「寝る」

アリカは工場に引っ込んだ。ミアも続いた。

◇

「こんにちまじょまじょ！　さし子です！　みぎめちゃん！　配信始まってんだけど！」

「今日はいいわ。顔がカスだもの」

「見せてけカスみてえなノーメイクを！　あれですよなんだっけネットでよく見るほら、

ポテトに元はじゃがいもっていうあれみたいな！」

「ディスってるわよね？」

さし子に引っ張られて、顔を両手で覆ったみぎめがフレームインした。

「うたみたどうでした？　お、へへへ、ありがとうございます。ミックスめっちゃこだわっていただいたんでね、最高以外の何物でもないですよね」

「エアコメ読むなって言われてるわよ」

みぎめは指の隙間《すきま》から画面を見た。

「はあー？　おまえニコ生からの不法侵入者だろ！　インスタライブは褒めないと寄ってたかってなぶり殺されること知らんのか？」

さし子がコメントといちゃつきはじめ、みぎめがフレームアウトした。コーヒー豆を煎《い》る、からからという乾いた音をさし子のｉＰａｄが拾った。

「めっっっちゃいい匂い！　みぎめちゃん今日はなあに？」

「チョコとくるみの月餅《げっぺい》に、マンデリンのフルシティ。ミルクは？」

「たっぷり！」

カメラの外のみぎめに向かって、さし子が手を振った。

「みんなもなんか用意してお茶しよお茶！　だらだらしようぜ日曜の午後！」

さし子と、けっきょくカスみたいなノーメイクを見せることに決めたみぎめは、カフェオレと月餅《げっぺい》のペアリングを楽しみながらコメントを流し読みした。

「えーとなになに……拷問の魔女、あやべ、これ拾っちゃいけないコメントですね」

「私たちのことかしら」

「うちら言うほど拷問しましたっけ？」

「言うほどのラインをどこに引くかによるわね。それで、なんなのかしら」

「みぎめちゃんまじでなんも知らんな。魔女バトルのやべーやつですよ。ちょいちょいグロ動画上げてるんです」

みぎめは月餅をかじりながらコメントを眺めた。拷問の魔女と名乗る存在について、最近どうやら仲間を得たことについて、そのおかげかいきなり動画の質が向上したことについて、集まったリスナーは語っていた。

「ふうん」

「まあふうんですよね。うちらそういうの卒業したんで。血の一滴も出ない配信ですよ」

「私たちにしても、よくＢＡＮされないわよね。ずいぶんやんちゃをした気がするのだけど」

「みぎめちゃんはともかくうちはずっと清廉潔白そのものですけど」

みぎめが鼻で笑い、さし子が食ってかかった。二人は座ったままの手押し相撲に興じ、さし子がひっくり返ることで決着した。

NEVER END

「えーとほんでなんだあと話題。あーそだ、告知！　ってほどでもないんだけど、みぎめちゃんがＴｉｋＴｏｋに書評動画いっぱいアップするんで見てねがひとつ」

「それと、前からずっと言っている動画配信プラットフォームの件だけれど、ベンダーとの細かい打ち合わせがようやく終わったわ」

「来月中には仕様発表できそうなんでお楽しみに！　ゲストに拷問の魔女呼んじゃうかー？」

「拷問なら一日の長があるものね、私たち」

さし子はけらけらと大口を開けて、みぎめはくすくすと口を閉じて、二人は穏やかに笑った。

「ほんじゃあおつまじょー。またねー」

配信を閉じるなり、さし子はみぎめのふとももに頭を乗せた。

「重いのだけど」

「んんー」

寝返りを打ったさし子が、みぎめのおなかに頭をこすりつけて甘ったるい声を出した。

「はいはい。かわいいわよ」

「んへへ。みぎめちゃんも分かってきましたね」

みぎめはコーヒーを飲みながらさし子の頭を撫《な》でた。さし子はよりいっそう額をおなかみたいに。

　できるだけぴったりくっつこうとしているみたいに押し付けて、みぎめの体に両腕を回した。

　無言の時間があった。みぎめは机上のｉＰａｄに手を伸ばし、拷問の魔女について検索してみた。さして意味のある行為ではなく、一日もすれば忘れるだろう情報をなんとなく目に入れてみるつもりだった。

　ディスプレイをなぞる指が、止まった。ふとももに走ったわずかな緊張を頰《ほお》で受けたさし子は顔を上げ、みぎめが止めるより早く、それを目にした。

　画面に表示されているのは、とある殺人事件の被疑者が殺害された件について、ＳＮＳの意見を集約したページだった。

　被害者は横浜市健康福祉局保険年金課職員。被疑者は保険料支払い相談のため健康福祉局を訪れたが追い返され、逆恨みで職員を殺害した。その後、自らも死体として発見された。死体は激しく損壊していた。まるで拷問を受けたように。

　被疑者の生い立ちについて、被災者の観点からいくらか同情的に語る声があった。人魚に被災して全てを喪《うしな》い凶行に及んだのだと。

　みぎめは後ろからさし子を抱きしめた。さし子の体は石みたいに硬くなっていた。

「死にたい？」

　いつものように、みぎめは問いかけた。

「…………………ぎりセーフ。でも今日はいっしょに寝てください、あ、セックスすっかセックス！」

さし子はふざけようとして無残に失敗し、中途半端に笑ったままうなだれた。

「大丈夫よ。大丈夫だから」

みぎめは力の抜けたさし子の体を強く抱き、頬《ほお》を寄せた。

「君が死にたくなったら、いつでも殺してあげるから」

どうやって？　と、さし子は聞き返さなかった。どうにもならない慰《なぐさ》めであっても、口に出す必要があったし、耳に入れる必要があった。

「友達が……」

しばらくしてから、さし子は口を開いた。

「友達が先に電車を降りた瞬間のしんどい感じが、千倍になってずっと心にいる感じです」

「友達が先に電車を降りる経験、私にあると思っているのかしら」

「これ伝わらないの？　もうどうしたらいいんだ」

くすくす笑ってから、さし子は体を反転してみぎめに正対し、おでこをくっつけた。

「ありがとうございます、魔女さん。なんとか平気です」

「私には君を生に引きずりこんだ責任があるから」

「犬拾ったみたいに言いますね」

「犬は希死念慮を抱かないし自殺しようとも罰を受けようともしない——おっぱいを揉《も》むのをやめなさい今すぐ」

「腹いせです」

体をぴったりくっつけて、二人は絞り出したような笑い声を共有した。

10　界隈《かいわい》の子どもたちはみな踊る

泥雨有果の生態は謎に満ちている。

突如やって来て食事を摂《と》り——用意してくる場合もあれば、ミアのものを強奪する場合もある——ミアのベッドで丸くなって寝ることもあれば、数日ほど姿を見せないときもある。

プルアップバーやトレーニングベンチを勝手に持ち込みトレーニングを始めたので、どうも定住の意思はあるらしい。が、夜中するりと寝にきたかと思えば朝になるといなくなっていたりして、どうもパターンが読めない。

その振る舞いは人間というよりは猫の流儀に近いし、おまけに相当どら猫寄りだった。

連絡手段について訊《たず》ねたところ、ＳＩＭのないｉＰｈｏｎｅ６ｓしか持っていないことが判明した。Ｗｉ‐Ｆｉ環境下にない場合どうすればいいのか聞いてみたら、「無理だと思うよ」と完全にどうでもよさそうな返事だったのでミアはなんかいろいろ諦《あきら》めることにした。

今日は来るのかどうなのか、来るなら来るでかまわないが食事のたびにＰＦＣバランスを気にするトレーニー特有の面倒さをいちいち発揮するのはやめてほしい、でも作ったら作っただけおいしそうには食べてくれるのはうれしい……けっきょくは『いっしょにいたい』へと帰結していく感情を味わいながら、ミアはキッチンに立っていた。

キッチンは工場の外、単管パイプとポリカーボネート波板を組み合わせた差し掛けの下にある。生前、父が普請《ふしん》したものだ。

いくつかの条例や法律に引っかかっているのだろうが、その点についてはこれまで誰も深く検討していない。

アルミ鍋を持ち上げるのになんぎしていると、後ろから腕が伸びてきた。

「手伝うよ」

すずらんの香りがして、アリカだった。

「おはよう、ミア」

「あ、おはよ、ありがとうございます」

アリカは鍋をかるがると持ち上げ、ミアの先を歩いた。タイツにまたひっつきむしがびっしりだった。アリカの生態は謎に満ちているのだ。

事務所に移ったミアは、保存袋に移した筑前煮を真空パック器でシーリングした。ベッドの上であぐらをかいたアリカは、興味深そうな視線を送った。

「あの、アリカ。ベッドの上でひっつきむし取るのやめてくれませんか」

「ごめん」

アリカはばら撒《ま》いたひっつきむしをかきあつめ、ポケットに突っ込んだ。

「何をしているの」

「いっぱい作って、おばあちゃんのところに送るんです。足が悪くて台所に立つのもおっくうで、こういうのだったら冷凍しておけば長持ちですから」

しばらくのあいだ、真空パック器の立てる死にかけた掃除機みたいな轟音《ごうおん》が事務所を満たしていた。

「どうして、いっしょに住まないの」

「前にも言いましたよね。ここの工場の保守っていうか、なんかそんな感じです。それにこんなところにいたらおばあちゃん病気になっちゃいますよ」

「そう」

言い訳がましい早口になっているのは自分でも分かっていたし、咎《とが》めようとも理解しようともしないアリカの短い返事に、どういうわけか焦りを抱いていた。

「いいんですよ別に。わたしがいるだけで月に八万もらえるんですから、おばあちゃんは。ちゃんと貢献してると思いませんか」

口にしながら、顔が赤くなった。擬装のための偽悪を見透かすように、アリカは闇色の視線をミアに向けていた。

「ほんと猫みたい」

ミアはため息をついた。鳴きもせず身じろぎもせず、人の動きを目で追う猫に、アリカはそっくりだった。

「………わたしが、魔女だからです」

アリカはうなずいた。すこし、無言でいた。かすかに、目を伏せた。

「人は、いなくなるよ。簡単に」

ミアが感じたのは、正真正銘の苛立《いらだ》ちだった。

「知ってますよ。よく知ってます。でもアリカはわたしよりも詳しいんですね」

「ごめん、ミア」

謝られて、宙ぶらりんの怒りを抱えたミアは口をぱくぱくさせた。なにか一言、口げんかの火種になりそうな罵《のの》り文句を探して、怒るために怒ろうとしている自分がばかばかしくなった。

アリカはぐるりと部屋を見回して、ワークベンチに視線を留めた。

「詳しいの?」

「なにがですか」

「こういうのに」

アリカはスクールバッグからｉＰｏｄ ｓｈｕｆｆｌｅとヘッドフォンを取り出し、ミアに差し出した。

「なんだこれ？」

正方形の、褪《あ》せたピンクの機械を指でつまんで回す。表側には浮き輪みたいな物理ボタンが、裏側にはクリップがあった。

「音楽を聴くやつ」

「へえー、見たことない」

「古いものだから。昔、友達にもらったんだ」

ミアはジャックに端子を挿し、再生ボタンを押した。流れはじめた音楽はぶつぶつ途切れていた。

「直せる？」

「ちょっとやってみます」

エアダスターで掃除し（ジャックには圧縮された綿くずみたいなものがぎっしり詰まっていた）、接点復活材をプラグに吹き付け、何度か抜き差しする。音楽を再生してみるとやはり途切れ途切れだったが、ナイロン編みの線の、根本あたりを曲げると正常な音が鳴った。

「断線ですね。買い替えれば？」

「……そっか。ありがとう」

ミアから受け取ったヘッドフォンとｉＰｏｄを、アリカは大事そうにバッグに戻した。冷たい言葉を口にした自分が嫌だった。

落ち込んだアリカをどこかいい気味だと眺めている自分にうんざりした。喜ぶことも呆《あき》れることも怒ることも、アリカの傍《そば》にいると感情をうまくコントロールできなかった。

これも恋なのだとすれば、どうしてこんなばかげた情動の乱高下が太古の昔から淘汰《とうた》されず形質として残っているのだろうか。

「冷凍してきます」

ミアは真空パックの袋を抱えて事務所を出た。

「依頼は来た？」

戻ってきたミアに、気を使ったのか単なる気まぐれなのか、アリカが声をかけてくれた。ミアはノートＰＣを立ち上げた。

拷問の魔女は、各種ＳＮＳにアカウントを開設した。フォロワーはあっという間に膨れ上がった。

フォロワーの八割は一秒でも早いアカウント凍結を願い、二割は拷問の魔女を英雄と持ち上げていた。

「あほほどＤＭ来てますけどごみばっかですね。見てくださいよ。『避難所女子中学生いじめ自殺事件の犯人は魔女です！　どうか正義の裁きを！』って、わたしたちのことなんだと思ってるんでしょうね」

皮肉っぽく笑いながら、ミアは画面を指し示した。

「加害者ってことになってる方の個人情報まで送ってきてますよ。最悪ですね」

「分かった。行こうか」

「うん？　コンビニですか？」

「殺しに」

「わあああ！」

立ち上がったアリカの腰に、ミアは飛びついた。

「だめ！　ステイ！」

「どうして？」

かなり純然たる疑問の声だったのでミアは戦慄《せんりつ》した。絶対にＳＮＳをさせてはいけない人間だ。

「とにかく座ってください」

命じると、アリカはベッドに腰を下ろした。

「いいですか、インターネットはまじでカスなので、書いてあることはいったん全てうそだと思ってください」

「知っているよ。うそをうそと見抜けないとだめ」

「すごい昔のミームだ。とにかくそういうことです」

「でも、魔女ではある。魔女なら殺していい」

アリカはげっそりするほど頭の悪い論理で反駁《はんすう》してきた。

「そこからうそだったらどうするんですか」

「よくないね」

「あの……今までどうしてきたんですか」

「魔女バトルの起きた場所に行って、それらしい相手を探して、毒を使ったら殺す」

いくらなんでも効率を度外視しすぎている。干し草の中の縫い針だ。

「あんな卑劣《ひれつ》な戦い方やれといて、なんでそこまでふんわりできるんです？」

「どうしてだろうね。あまり興味がないからなのかな」

「知りませんよ聞かれても」

「それじゃあ、この件は終わりにする？」

「うーん……」

『避難所女子中学生いじめ自殺事件』は、一部ＳＮＳで流通している俗称だ。一般的には横浜暴行事件として知られている。

　人魚災害発生からおよそ一か月後、未《いま》だ瓦礫《がれき》も撤去されていない道端で、一人の女子中学生が保護された。

少女はいたく衰弱しており、性的暴行の痕跡があった。犯人は三人の大学生グループ。被災者による被災者への暴力は当時の国民を震撼《しんかん》させ、加害者への厳罰を求めるハッシュタグデモが巻き起こった。

この事件は、その後もたびたび脚光を浴びることになった。二度目は三人の加害者が不起訴処分となったことで、三度目は彼らが三人とも行方不明になったことで、最後は、加害者たちの失踪直後に被害者が自殺したことで。

不可解な成り行きに物見高いひとびとは興奮し、好き勝手な真実がネット上に氾濫《はんらん》した。犯人は魔女、というのはもっともよく見かける説の一つで、さまざまなバリエーションが存在する。

魔女が犯人に化けていた、魔女に操られていた犯行グループが証拠隠滅のために消された、魔女が犯行をなすりつけた……この手の真実は、いずれにせよ、魔女への国民感情を物語っていた。

『いじめ自殺事件』説は、義憤を掻《か》き立てるのにちょうどいいという理由で広く支持されている。被害者をいじめていた同級生が、犯行グループに被害者を売ったというものだ。魔女説と絡めるためにはかなり複雑な周転円的処理が必要に思えるこの仮説も、怒れるのであれば理屈など気にしない人間に好まれている。

当時抱いた感情が、どろっとした肌触りとなって蘇《よみがえ》った。被害者は同い年だと知って、感じたのは恐怖と憤りと無力感だった。異性そのものをおぞましく思い、犯人を心の底から憎み、何もできない自分が情けなかった。

　今更なにかが可能だとも思えなかったが、あのときの自分に言い訳ぐらいはできるかもしれない。

「調べるだけ調べてみましょうか」

「どうやって？」

　ミアはぴんと立てたひとさし指を、赤橙《せきとう》の瞳に向けた。

◇

　加害者とされている少女が通う高校の制服は、ジモティーで安く手に入った。桜木町《さくらぎちょう》仮駅舎前で落ち合った出品者はどう見てもまだ高校生だったが、ミアの不審げな表情を見ると前歯が一本ない口を開けてへらへら笑った。

「いーのいーの辞めたし。よかったーまじの女の子で。えーめっちゃかわいい、ちょっと着てみてくんない？」

　断りきれずに制服を着て、流れでいっしょに写真を撮ることになって、いつの間にかストーリーズにアップされていた。

「ありがとー。みあちゃもインスタはじめたら教えてね」

ギャルだ、と、ミアは思った。あやうく好きになりそうだった。

いつかいっしょにTikTokを撮る約束をしてギャルと別れたミアは、そのまま電車で目的の場所に向かった。

日吉《ひよし》駅と元住吉《もとすみよし》駅のだいたい中間地点、矢上川《やがみがわ》沿いのアパートに近づくにつれ、ミアはどんどん不愉快な気分になっていった。というのも、電柱やビルの外壁に、加害者とみなされた女性の顔写真や個人情報を印刷したポスターがべたべた貼られていたからだ。

小机小鞠《こづくえこまり》。十七歳。卒業写真を引き伸ばしたのだろうざらざらの顔には、気弱そうな笑みが浮かんでいる。

アパートはといえば散々なものだった。駐車場になっている地階のシャッターには無数の落書きがあったし、駐輪場の自転車は軒並みサドルが盗まれていた。

ポスターはここに至って選挙みたいにびっしり貼られていたし、ちょっとした植栽がスペアミントに支配されているのは、おそらく何者かの悪意の現れだろう。

外階段を上がると、外廊下にも荒廃の手が伸びていた。積み上がったゴミ袋、割れ窓に貼られた崩れかけの段ボール、吹き込んだまま放置された落ち葉や枝がミアの行く手を阻《はば》んでいた。

小机小鞠は、突き当りの角部屋に母親と二人で暮らしているらしい。それすら誰かのでっち上げかもしれないが、それならそれで帰ってアリカに愚痴をこぼすだけだ。ミアはチャイムを押して、しばらく待った。

扉を開けて出てきたのは、中年女性だった。白髪だらけのぼさぼさの髪を後ろでくくって、疲れはてた目をミアに向けていた。

「こまの、お友達ですか」

こちらが口を開く前に、女性は言った。制服作戦は成功だった。

「はい、その、小机さんの」

「どこかで見かけました？」

「いえ、えと、最近、連絡がつかなくて。どうしたのかなって」

「そうですか……」

女性は深くため息をつき、閉じた目のまわりを親指で揉《も》んだ。憔悴《しょうすい》と諦念《ていねん》の重たい雰囲気が、玄関の向こう側から吹きつけるなまぬるく湿った風に乗ってミアにまとわりつきそうだった。

「ごめんなさい。どこかでこまに会ったら、連絡するよう言ってくれますか」

扉が閉ざされ、それで話は終わりだった。

無駄骨だった。

虹彩《こうさい》の毒が対象に取れるのは、肉眼で見た相手のみだ。

失望はあったが、もとより解決できると思っていたわけではない。日吉駅から東横線に乗ったミアは、ワイヤレスイヤフォンを耳につけて、音楽を流すついでにアリカにメッセージを送った。

『無駄でした』

返信は早かった。

『ちゃんとつけているね』

なんのことかと首を捻《ひね》り、出立前アリカに渡されたイヤリングに思い当たった。安っぽい金具に気泡の入ったレジンをくっつけただけの、子どもの工作みたいなものだった。

『つけてますよ』

ちゃちな上に渡された意図が分からなかったけどうれしいはうれしいので、ちゃんとつけたし耳も出した。

しばらく待ってみたが返事はなかった。ミアはスマホを鞄《かばん》にしまって、すこし寝ようと目を閉じた。

手首をノックされるような感覚。ミアはスマートバンドに目を落とす。小さなディスプレイに、アリカからのメッセージが表示されている。

『尾行されているかもしれない』

たちどころに目が覚めた。咄嗟《とっさ》にあたりを見回そうとして、思いとどまる。次の駅までが、はるか遠くに感じた。

ミアはシートの仕切りにもたれかかり、寝たふりをした。激しく打ちはじめた心臓が、全身をがくがく揺らしているんじゃないかと錯覚した。

車両が菊名《きくな》駅に滑り込んだ。ミアは跳ね起きたふりをして一度電車を飛び出すと、念入りに苦笑まで浮かべてみせてから列の最後尾に並び、乗車しなおした。

音楽が途切れて、着信音が鳴った。ミアはシートの仕切りにもたれかかり、イヤフォンを二回ノックした。

『いい機転だったね、ミア。黙って聞いて。一つ後ろの車輛に乗っている女。人気《ひとけ》のないところまで誘導して。魔女なら殺す』

電話が切れると、心細くて泣きそうだった。

尾行しているのは、間違いなく事件の関係者だろう。

被害者の自殺、犯行グループの失踪、小机小鞠の行方不明、いずれかあるいは全てに関わっている可能性が高い。与太話だと笑っていた犯人魔女説が、不吉な予感とともに真実味を帯びた。

ミアはスマホを取り出すと、震える指で画面を叩《たた》いた。

『このまま元町《もとまち》・中華街《ちゅうかがい》まで行きます』

『分かった』

中華街は人魚に破壊され、駅周辺にあるのはりんかいフランス波止場公園の旧仮設住宅団地とさびれた仮設商店街だ。ミアはスマホを堅く握りしめ、祈りながら電車に揺られた。

仮駅舎西口で降りたミアは、できる限り平静を装って歩いた。心臓はずっと弾《はじ》けそうな勢いで鳴り続け、汗でぐちゃぐちゃのキャミソールが凄《すさ》まじい勢いで冷たくなっていった。

やけに人通りが多くて、ミアを焦らせた。元町も中華街も存在しない元町・中華街に、いったいどこの誰が何の用事を抱えてやって来るのだろう？

あちらこちらをうろついて、狭い通りの、雑居ビルに挟まれた路地へと進んだところで、それが来た。

電気自動車の立てる唸《うな》り声や風の音、人の声、遠くから響いていた工事の騒音、音という音の一切が消えた。静寂に、耳の奥で金属音が鳴った。

「うごかなっ、い、で！」

静寂を、声が破る。ミアは息を呑《の》み、立ち止まった。

「ゆっくり振り返って」

振り返ったミアが見たのは、女の子だった。

二十歳《はたち》は越えていないだろう。青く見えるぐらい真っ黒に染めた髪、フリース素材の大きすぎるパーカー、カービィのポシェット。

「こま、あっちがっ、あたしは魔女です」

女の子は、デニムのふとももをしきりに擦《さす》りながら、泣きそうな目でミアを睨《にら》んでいた。

「あの、小机小鞠さん？」

「えっはい。あ！」

素直に応じてから、女の子はおたおたしはじめた。「どうしよう」とか「やばい」に類するなにごとかを高速で呟《つぶや》き、パーカーのフードをすっぽりかぶってこちらの目線を遮断した。どう見ても明らかにミアより狼狽《ろうばい》していた。

いじめ自殺事件の加害者と目されている魔女が、のこのこやって来たと思えば半べそだ。こうした場合、どのような振る舞いが時宜《じぎ》を得たものなのか、ミアにはちょっと思いつかなかった。

「言いづらいんですけど、あなたは今、殺人鬼に狙われていますよ」

試しにミアが言ってみると、小鞠は悲鳴を上げてあたりをきょろきょろ見回した。嘘《うそ》はついていないが、ここまで真に受けられるのも埒外《らちがい》だ。もちろん囮《おとり》の可能性もあったが、その場合、本命はアリカが始末するだろう。

あれこれの可能性をミアが検討しているあいだ、小鞠はずっともじもじしていた。検討し終えてもなお突っ立ったままで、ミアはだんだん沈黙が自分の責任みたいに思えてきた。

「どうしてわたしを追いかけてきたんですか」

「あっあっ」

小鞠はちょっとあえぎ、軽くえづき、何度も何度もまばたきし、やがて、目に力を宿した。

「お母さんを、傷つけないで」

がたがた震えながら、覚悟はきっと本物だった。ミアは肩の力を抜いて、できる限りの穏やかな表情を浮かべた。

「あなたのこと、すごく心配してましたよ」

とたんに、小鞠の目がうるんだ。フードを深くかぶって、声を殺して、小鞠は泣いた。

「えっえっえっ？　あぁー大丈夫ですか！」

思わず駆け寄ろうとしたミアの手首をスマートウォッチが叩《たた》いて、目を落とすと、アリカからのメッセージだった。

『殺す？』

「ステイ！」

「えっ」

突然の大声に、小鞠が顔を上げた。

「こま？　平気？」

いきなり誰かが路地に入ってきて小鞠に声をかけた。

『魔女だけど』

『危険性があるかもしれない』

『慎重に接して』

『何かあれば殺す』

スマートウォッチが立て続けに振動した。

「わあああ！」

ミアはとりあえずでかい声を出した。いくらなんでもいろんなことがいっぺんに起きすぎだった。

雑踏の音が、再びミアの耳を叩いた。毒が解除されたようだった。

「みあちゃ！」

小鞠に駆け寄った女がミアを指さした。

「え？　あ」

他でもない、制服をミアに譲ったギャルだった。

「みあちゃ！　なにー！　どしたー！　こまの知り合い？　言ってよー！」

ギャルは、なんか大歓迎の感じで両手を広げてこっちに迫ってきた。途方もなくややこしい関係性の歯車に、じわじわと轢《ひ》き潰《つぶ》されつつある自分をミアは発見した。簡単には帰れそうもないなと、ギャルにハグされながらミアは思った。

ともかく、条件その一は達成だ。

◇

ミアが案内されたのは、旧りんかいフランス波止場公園仮設住宅団地だった。現在の名前は、パークサイドやました。仮設住宅団地を安価な宿泊施設として再利用したものだ。復興に携わる建設作業員を利用客として想定しており、ローンチ直後は実際そのように運営されていた。

南を向いた四戸一棟を基本とし計四十戸、駐車場や広場を備え、一部住宅はバリアフリー設計となっている。

この団地は二つの点でよく知られている。災害後、もっとも早く完成した仮設住宅であることと、もっとも記録的な失敗を犯したことだ。

仮設住宅の入居者は災害弱者を優先とすることが、災害救助法を所管する厚生労働省の方針だった。弱者優先方式の抽選により、この団地には、高齢者世帯、障がい者のいる世帯、母子家庭が集められた。

もともとのコミュニティから引きはがされた弱者ばかりの団地で発生したのは、孤独死と家庭崩壊、餓死と失踪、自然発生した自治会によるうんざりするほど大量のハラスメントだった。

行政が目を離した一瞬の隙《すき》に団地は崩壊した。市が再抽選を募ったところ、入居世帯の全てが希望したことでりんかいフランス波止場住宅団地は終わりを迎えた。

災害から三年の現在に目を向ければ――

「おお……」

パークサイドやましたの様相を目の当たりにしたミアは、けっこうしっかり絶句した。

まず目に入ったのは、植栽の脇に転がっている女性だった。ストローを刺したストロング系チューハイが墓標みたいに立っているところを見ると、酔いつぶれて眠っているらしい。

ごみだらけの広場には、集まって喋《しゃべ》る若者、一人で立っている女性に声をかける中年男性、座り込んでぼんやり煙草《たばこ》をふかすうつろな目をした女性、ＴｉｋＴｏｋの撮影をしているらしい集団や親子連れ、きょろきょろする観光客。

謎が解けた思いだった。元町も中華街も存在しない元町・中華街で、ひとびとはここを目指していたのだ。

「みあちゃ仮設はじめて？」

おののくミアに、ギャルが声をかけた。うなずくと、ギャルはにまにましてミアと肩を組んだ。

「界隈《かいわい》にようこそ、みあちゃ」

「ほへえ」

「あ、うちらのとこ案内すんね。こま、いいでしょ。みあちゃのおかげで住めてるんだから」

「うん、それはもちろんだけど……ミアさん、だいじょうぶ？」

「ええ、はい、なんかちょっと圧倒されちゃって。界隈？」

「そ。仮設界隈。いこいこ」

ギャルに背中をぐいぐい押され、歩き出したミアの前に、よれよれのパーカーを着た男が立ちはだかった。

「何本？　三人でも全然いいけど」

「え？　え？　なんですか？」

「あごめんなさいー、うちらそういうんじゃないでー」

ギャルがミアと男の間に割って入った。

「あらららら。ごめんねえ」

「いえいえ」

気にした様子もなく、男は去っていく。

「何本って何万円かってことね。声かけられたら今みたいにかわして」

嫌悪感に身を震わせるミアの頭を、ギャルがぽんぽんした。

「最近こんなん増えてきちゃったな。界隈も終わりだねー」

「うん……そだね」

けろっとした態度のギャルに、小鞠は相槌《あいづち》を打った。ぎざぎざの卒業写真で見た、あの、気弱そうな笑みを浮かべて。

小鞠たちが住んでいるのは、海に面した2DKの住宅だった。玄関の扉を開けると、台所の冷たい床に半裸の女が転がっていてミアの度肝を抜いた。

「あっはっは！　おい！　らら！　ケツ出してんじゃねえよお客さんの前で！」

ギャルは半裸の女のケツを踏みつけた。

「うああ。おー。こま。みーこ。あとなんか、え、だれ」

「みあちゃ」

「蛞頭巳蛙です。すみません、おじゃまします」

「んー」

腐敗とも発酵ともつかない、甘ったるい臭いがした。酔っぱらいの臭いだった。

台所から向かって右側の居室はごみため同然で、男が二人と女が一人、それぞれ他人が存在しないかのようにスマホやタブレットを眺めていた。彼らはミアが挨拶《あいさつ》すると、顔も上げずに会釈《えしゃく》した。

左の居室はよく片付いて、空気も清潔だった。小鞠とギャル——美衣《みい》はこちらで寝泊りしているらしい。

美衣に促されて、ベッドに腰を下ろす。小鞠とは、がらくたみたいな座卓を挟んで向かい合うかたちになった。

「ほんと助かったよー。ありがとーみあちゃ。追い出されるとこだった」

三人分のお茶を淹《い》れた美衣が、ミアに頭を下げた。制服は滞在費用に充当されたらしい。

「いえまあ、お役に立てたのでしたら……ずっと住んでるんですか？」

「そだよ。みあちゃ、きったねえとこで踊ってるきったねえキッズ見たことない？　ツイッターでもＴｉｋＴｏｋでも」

「言われてみれば、なんか、ぼんやり」

千回聴いた音源に合わせて千回観た踊りを踊るたぐいの動画を、ミアはおおむね一秒以内で飛ばしていた。熱心に観ているのはまじょまじょ、それもさし子の動画ぐらいだ。顔面が良すぎて観ているとなんか怖くなってくるという理由で、ミアはみぎめがちょっと苦手だった。

「あれが界隈《かいわい》の子。みんな、親やら学校やらいろいろ無理で、集まってきちゃったんだよね。ここ安いし自由だし」

世の中知らないことだらけだ。もっとまじめにインターネットをやりこむべきかもしれない。

「ほんで、二人はどういう感じなの？」

美衣が、小鞠とミアを交互に見た。小鞠はうつむき、グラスをじっと見ていて口を開きそうにない。どう切り出したものかと、ミアはすこし考えた。

「うち邪魔か、ごめんね。こま、毒使っていいよ」

「ありがと、美衣さん」

「んじゃごゆっくりー」

手を振って、美衣が部屋を出ていく。そのとたん、静寂がミアを圧した。

「魔女なんですね」

「蝸牛《かぎゅう》の、魔女。幕で包めるの」

蝸牛の魔女、その毒は遮断。魔女が設定した境界内からは音も光も漏《も》れない。

「ありがとうございます。ないしょ話にはぴったりですね」

小鞠は気弱そうに笑った。

「ところで、わたしは拷問の魔女です」

前置きなく切り出すと、小鞠は顔を上げた。対話不可能な化け物を見る目つきだった。

頭のいかれた殺人鬼のことは知っているらしい。

「あなたのお母さんではなくて、あなたに用があって来ました」

「ななちゃんのこと……調べてるんだね」

横浜暴行事件の被害者、中山菜々美《なかやまななみ》の名を、小鞠は口にした。

「どこまでご存じなんですか？」

訊《たず》ねるが、返ってきたのは沈黙だった。

当然だ。

連続殺人犯を自称する初対面の相手に、真実を打ち明けたがる人間などいない。

「犯行に魔女が関わっていたとしたら、わたしは殺します」

ミアはこう言ってから、すこし考えた。

「あなたの友人でも」

この付け足しは、想像以上の効果を生んだ。小鞠は息を呑《の》み、全身をかちかちに硬直させた。

単なるブラフだ。ミアはこのとき、『避難所女子中学生いじめ自殺事件』で採用されている仮説の一つを思い出していた。中山菜々美が同級生に売られた、というものだ。

「かっ、加奈《かな》ちゃんのこと、殺す、の?」

それにしても驚くべき素朴さだった。犯行の真相が、あまりにもやすやすと開陳されつつある。

「そっか……そっか」

小鞠の体から、力が抜けた。何もかも諦《あきら》めたのか、肩の荷が降りたのか。彼女は告白の機会をずっと探していたのかもしれない、と、ミアは想像した。

「それじゃあ、こまのことも、殺してくれるんだね」

怯《おび》え竦《すく》んだ心臓が、冷や汗みたいな血を全身に巡らせていくようミアは感覚した。肺胞の魔女のときにも味わった、殺人と向き合う感覚だった。

「必要であれば」

めまいに回転する視野を律しようと強くまばたきしてから、ミアは小鞠の言葉に応じた。

◇

小机小鞠、鴨居加奈《かもいかな》、中山菜々美は小学校のころからずっといっしょだった。物怖《ものお》じしないたちの鴨居加奈が、気弱な小鞠とのんびりした菜々美を引っ張り回すかたちで、三人は完璧だった。

夏の夜のみなとみらい、学校帰りに立ち寄った西口のゴンチャ、意味もなく乗ってはしゃいだ汽車道《きしゃみち》のロープウェイ、おそるおそる足を運んだトー横で撮影したＴｉｋＴｏｋ、通話しながらせーので流した同じ曲。

加奈がＳＮＳで知り合った大学生と付き合いはじめて、三人の完璧さは終わった。小鞠と菜々美はそれを、掛け値なしに祝福すべきできごとだと考えた。誰であれどんなかたちであれ、いつかどこかで大人になるものだ。

加奈にはそのときが来て、変化は脱皮の百倍急激で、小鞠と菜々美が子どもに見えてしまうのは仕方のないことだ。三年後か五年後か十年後か、ふたたび三人は完璧になるだろう。小鞠と菜々美はそのように思った。

きっとそう推移しただろう未来は、人魚に砕かれた。横浜の一部と、小鞠の父を巻き込んで。

避難所での生活を、小鞠はよく覚えていない。ひどく暑かったのと、母がずっと泣いていたのと、近所の中年男性が母にしつこく言い寄っていたのは記憶している。というのもその中年男性が、周囲にきつく咎《とが》められ、どういうわけか怒りの矛先《ほこさき》を母に向けたからだ。母に向けられた、ばばあ！　という罵声《ばせい》は今でも耳に残っている。

だから小鞠が事件を知ったのは、仮設住宅に移って生活が落ち着いてからだった。

耳にした記憶もないような事件の被害者が、菜々美だった。加害者三人のうち一人は、加奈と付き合っている大学生だった。

何が起こっているのか、確かめようもなかった。仮設住宅への入居は抽選式で、もとのコミュニティと関係なく、被災者はばらばらに振り分けられた。菜々美と加奈がどこに住んでいるのかさえ分からなかったし、二人には連絡がつかなかった。

あっけなく一年経《た》った。母を慰《なぐさ》めながら、数限りない上になんの価値があるのかも分からないような申請書を何十通も書いた。被災者に門戸を開いている高校を自分一人で探した。どこに何を相談すればどう手助けしてもらえるのか小鞠は知らなかったし、そもそも助けを求めようという考え自体が抜け落ちていた。

菜々美とは、最期にすこしだけ話せた。

災害から二年近く経った、ある夜だった。電話がかかってきて、ディスプレイに表示された名前を見て、小鞠の心は止まった。本当はただ怖かっただけなのだと、もう自分をごまかせなかった。忙しいから、父が死んだから、母が大変だから、言い訳の全部が剝《は》がれ落ちて吹きさらしの内臓が凍りついていくのを小鞠は感じた。

『もしもしぃ？　こまちゃん？』

はねるように伸びる菜々美の語尾を小鞠はまだ覚えている。

『久しぶりに、なんか話したいなぁって思って』

どう返事をしたのか、記憶にない。卑怯《ひきょう》な脳が襞《ひだ》の内側に押し込んで縫い留めてしまったから。

『最近加奈ちゃんと会った？　そかぁ、ならいいんだ。お母さん大丈夫？　大変なことない？　うん、うん、よかったぁ、高校行けたんだ』

小鞠の心配ばかりで、菜々美は近況を口にしようとしなかった。

『ずっと元気でいてねぇ。わたしたち、せっかく生き残ったんだから』

別れの挨拶《あいさつ》だと察していた。なのに笑ってごまかした。

『それだけ。ばいばい、こまちゃん』

通話が終わった。小鞠はすぐにかけなおした。繋《つな》がらないだろうと予感しながら、自分を許すために何度も何度もかけなおした。

スマホの電池が切れたころ、小鞠の前に、泡が浮かんでいた。カーテン越しの朝日を浴びてきらきらしていた。弾《はじ》けた泡は人魚になって、小鞠の耳に滑り込んだ。

その日の夕方、スマホに小さく表示されたヘッドラインで、菜々美が死んだのを知った。宿泊先で首を吊《つ》っているのを発見されたのだと記事は告げていた。

体全部が膨らんだり縮んだりを繰り返しているようで、震えが止まらなくて、言葉にならない音のかたまりを嘔吐《おうと》のように垂れ流しながら繰り返し壁に頭をぶつけた。自分を傷つける程度のことが何の償《つぐな》いにもならないと知っていながら、血が出るまでそうした。蝸《か》牛《ぎゅう》の毒によって切り離された小さな世界で、小鞠は自分を罰し続けた。

いくらか経《た》って、小鞠の名前を多くの人間が知ることになった。ＳＮＳに流された個人情報とデマはあっという間に拡散されて、怒りに興じるひとびとが小鞠を責めた。教室で、友達だと思っていた子に毒を使うようそそのかされた小鞠は、蝸牛の毒で自分を隠した。その様子を撮影されてアップロードされてさらに炎上した。

そんなことは、実のところどうでもよかった。自分が罵《のの》られるのは正しいことだったから。ただ菜々美を救えなかったことが辛《つら》くて、母を悲しませるのが嫌だった。

ある日、学校から帰ってベッドに突っ伏した小鞠の顔の横で、スマホが通知に唸《うな》った。横浜暴行事件が起きてからずっと動かなかった加奈のアカウントが、新しく動画を投稿した旨、通知欄は伝えていた。

反射的にディスプレイをタップすると、加奈が複数の男性と踊る動画だった。

スワイプ。

今度は加奈が、魔女の毒を自慢する動画だった。３６０度カメラを手に雑居ビルの五階から飛び降りた加奈は、無傷で着地するとげらげら笑った。

タグの中の『仮設界隈《かいわい》』『公園界隈』『パークサイドやました』という単語を小鞠は見た。

加奈が、いる。そう遠くない場所で、楽しそうにしている。

なにかすこしでも有意味な感情は湧いてこなかった。飽和した気持ちに突き動かされるまま、小鞠は家を出た。広場をあてもなくうろついているうち、美衣に出会った。

◇

「それで？　そこから、どうしたんですか？」

ミアが問うと、小鞠は口を閉ざした。この話は終わり、ということだろう。小鞠はただここに来て、ただここに引っ込んでいるのだ。

どうすればいいのか、どうすればよかったのか。きっとどうにもならないのだと、ミアもよく知っていた。絶対的なものに人生を根本からねじ曲げられて、自分で自分を苦しめる以外にどんな生き方も思いつけない。それが、生き残ってしまうということだった。

「いっそ死んだ方が楽だから、殺されたいんですか？　罰にもなって一石二鳥だと」

小鞠は返事をしなかった。否定もしなかった。

「でも、鴨居加奈にも死んでほしいんですよね？」

「それはっ」

顔を上げた小鞠は、すぐにうなだれた。

「そう、だね。ほんとに、卑怯《ひきょう》だね。ごめんなさい」

何を伝えられるだろうかと、ミアは考える。ミアによく似て、ミアよりもはるかに深く傷つき苦しみ、自分を罰している相手に。

「鴨居加奈とは、けっきょくなにも話していないんですよね」

「うん……どうしたらいいのか、なんにも考えられなくて」

ミアの救いは、小鞠の救いとはまったく異なるだろう。だけど、死んでしまった人が手渡してくれたものを、今度はミアがだれかに差し出す番だった。

「えとですね。まず最初にね。意味がなくても何度でも言いますね。あなたのせいじゃない。絶対に」

小鞠は黙って、うなだれたままだった。そんなことは分かりきっていて、なのに自分を罰するのがやめられない。

「あとは、これわたしの場合はってだけだから真に受けなくていいんですけど……怒りましたね。わたしは」

まずまず想定外の言葉だったらしく小鞠は面食らって顔を上げた。

「おこっ、え、何に？」

「各方面」

けっこうざっくりしており、小鞠は無言で続きを待つことしかできなかった。

「そのー、わたしの場合は、あの、友達を殺されちゃったんですよ魔女に」

「それでもう、なんか、あこれ怒るしかないなってなりました。それまでずっと、お母さんを人魚に殺されちゃって、そう、殺されたんですよ！　なのになんかわたしのせいだってずっと落ち込んでて、でもそんなこと思っててもどいつもこいつもめちゃくちゃに傷つけてくるし、おまえらみんな拷問してぶち殺してやるわって目覚めちゃいましたね」

言葉を失う小鞠に、ミアは笑顔を向けた。

「わ、笑えないんだけど」

ミアは力強くへらへらし続けた。

顔の引きつりが雪みたいにゆっくり溶けていって、小鞠も、けっきょくは笑った。

「そっか。怒るかあ。考えたこともなかったな」

「わたしはね。あくまでわたしはです」

「それで怒りすぎて、拷問の魔女になったんだ」

「おおむねそんな感じです」

小鞠は肺の空気を根こそぎ吐き出すように長いため息をつくと、ゆっくり息を吸って、お茶を口にした。

「話せる、気がする。加奈ちゃんと」

「ぶっ殺しましょうか？」

「やめて」

ミアと小鞠は笑った。

「いいんじゃないですか喋《しゃべ》ってみるぐらい。むかついたら怒ればいいんです。このままじゃ家にも帰れないでしょう」

「そう、だね」

漂いはじめていた融和の空気が、苦く引き締まっていくのをミアは感じた。何もかも宙ぶらりんのまま小鞠はここにいて、状況はただただ悪くなっていく一方なのだ。

「加害者だし、魔女だし、何も言わずにここに来ちゃったし？」

ミアが代弁すると、小鞠は泣きべその顔で目を伏せた。

「心配なんでしょう？　お母さんのこと」

「でも」

「人って、いなくなっちゃうんですよ」

思いがけず口にした言葉で、ミアは自分自身に心底うんざりした。ため息をついて、小鞠の、心配そうな視線に気づく。

「あーいや、あの、小鞠さんどうこうじゃなくて、今のは自分への死ねよばかって思いです」

「そうなの？」

「同じこと言われたんですよ。人はいなくなるって、説教されたんです。わたしすっごいそのときむかついたのに、けっきょく同じこと言ってる」

しかめ面のミアに、小鞠は手を伸ばそうとして、ただちに引っ込めて、なくした行き場を求めてちょっとのあいだ這《は》い回ったてのひらが、床の上でぎゅっと握られた。

「きっと他に、言えることってないんだね」

「……そっか」

ミアは、アリカのことを想った。アリカもまた、大事なものを人魚に奪われたのだろう。つまらない皮肉で返した自分の愚《おろ》かさを、ミアは憎む。あの瞬間、本当に必要なのは共感を寄せることだったのだ。

会いたい、と、思った。アリカに会って謝って、話を聞きたいと。

「ありがとうございました。そろそろ帰りますね」

「え、あ、うん、ぜんぜん。ありがと、ミアさん。なんか人生相談みたいになっちゃったね」

「拷問した方がよかったですか？」

「そのときはお願いする」

ミアは笑って立ち上がった。

「終わったー？」

戻ってきた雑音を伴い、美衣が部屋に入ってきた。ずっと寒いキッチンで待っていたのだろう、鼻の頭が赤くなっている。

「長々とすみませんでした。今日のところはおいとまします」

「んじゃ送ってくよ。また声かけられたらめんどくさいでしょ」

美衣が、立てた親指を背後に向けた。

◇

午後になってますます増えた人の流れを縫うように、ミアと美衣は歩いた。

「ありがとね、みあちゃ。こま、ちょっと元気になってた」

「別になんにもしてないですよ。ただ喋《しゃべ》っただけです」

「拷問して殺すかどうか？」

「えっわぷっすみません」

思わず立ち止まったミアは前から来た女性に激突し、お互いぺこぺこ謝るはめになった。美衣は苦笑を浮かべ、ミアの手を引いて歩き出した。

「聞いてたんですか？」

「んとね、ごめん、最初から気づいてた。こないだ上げてた動画観ちゃってたし。あれガチ？　なわけないか」

駅舎から吐き出されるひとびとを避け、二人は線路沿いのフェンスのあたりに落ち着いた。

「で、もいっこごめん」

美衣が、手にしたスマホのディスプレイをこちらに向ける。制服を着たミアと二人で映った写真だった。『拷問の魔女いたｗｗｗｗｗ顔ちっちゃすぎん？ｗｗｗ』というキャプションが付けられている。

「ストーリー上げちゃった」

「おお……」

「うち別に魔女じゃないしって最初は思ってたんだけど、どこ行くのって聞いたら日吉《ひよし》じゃん。それでその制服だし、どうなんだこれって思ったんだよね」

「小鞠さんを狙ってるって？」

「そ。だから急いでこまとかみんなに連絡して、やばいことなんないか様子見てた。尾行めっちゃばれてたね。さすが拷問の魔女だ」

「ええ、まあ、そうですね。それぐらいはね、できないとですね」

ミアはちっちゃく見栄を張った。

「おっきい子にも会ったよ」

「アリカに？」

「うん。こまの毒の中に入ろうとしてた」

どうやら最初からアリカは、ミアのことを近くで見守っていたらしい。

「こまのこと傷つけたらぶっとばすって言っといた」

「よく生きて帰れましたね」

「だって負けらんないでしょ」

ギャルだ。あまりにも戦闘的でまたもちょっと好きになりそうだった。わたしはギャルが好きなのかもしれない。

そうじゃないな、と、ミアは思いなおした。たぶん、小鞠に寄り添う美衣に、ミアに寄り添うオーナを見ているのだ。最期までミアと一緒にいてくれた、かけがえのない人を。

「アリカ、なんて言ってました？」

「とくになんも。あ、Ｗｉ－Ｆｉあるか聞かれた」

ミアは頭を抱えた。

「でもなんかうれしそうにしてたよ。悪い子じゃないよね」

「そうですね。基本的になに考えてるか分かんないどら猫ですけど」

「言い方よ。あ待って、飲み物買ってくる」

二人は枯れた葛《くず》の巻きつくフェンスにもたれて、缶コーヒーを飲んだ。

「いいね。みあちゃんの髪。海外の赤ちゃんみたい」

何気ない美衣の言葉には、本題から遠回りするような雰囲気があった。

「そうですか？　ありがとう。白髪多すぎるんで、ばっきばきにホワイトブリーチしてから色入れてるだけですけどね」

白髪が目立ちはじめたのは父が死んでからだ。気の毒に思われるのが嫌だから、毛先が溶けそうなぐらい強烈に色を抜いて、派手なブロンドを入れた。

「あー。そっか。でも白髪のとこすでに色抜けてるから楽だね」

ミアは笑った。前向きすぎる。

「こまのことなんだけど」

美衣はまっしろい息を吐いた。

「あの子ね、もう人生終わりって顔で海を見てた。まあそういう子ばっかりなんだけどさ界隈《かいわい》は。親と合わないとか、ホス狂で売掛払えなくてトんだとか、ラリってなきゃ涙止まんないとか。うちも似たようなもんだし。だからついつい声かけちゃって。でも、うちらにできるのはほんと、ただくっつくことぐらい」

「わたしに、なにかできることがあるんですか？」

「たまに遊びに来てよ」

「それぐらいならぜんぜん」

「そんで……もしできたら、こまを、ここから連れていってあげて」

意外な言葉だった。ミアは顔を上げた。美衣は海の方に目を向けていた。

「できれば、家に帰してあげてほしいな。あの子はやっぱり、うちらとは違うよ」

ミアは肯定せず、反論もしなかった。ただ話を聞くことにした。

「赤レンガ倉庫あったとこ、今、がれきの山になってんの知ってる?」

「え?　そうみたいですね、災害がれきの」

人魚災害で発生したがれきは1000万トンにも及び、集積所として選ばれたのが横浜赤レンガパーク跡地だった。市や市民は再建を求めているが、未《いま》だに目途《めど》は立っていないという。

「あそこのがれきで仮設の前の海を埋め立てて、でっかい公園にするんだってさ。もう名前も決まってる。山下公園」

「へええ、知りませんでした」

「だっせえよね」

「なんかぴんと来ませんよね」

山下公園、という言葉の響きを口の中で転がしてみる。りんかいフランス波止場公園とどちらがましだろうか。

「だから、まあ、うちらはそれでいいのよ。仮設がなくなったら、なーんか、うちらもなんとなく消えてくんだろうなって気がしてる。でも、こまは、まだ幽霊じゃないから」

「だから、家に帰ってお母さんと仲良くしたり、ちゃんと高校に通ったりしてほしい？」

美衣はうなずいた。

「やさしいんですね、美衣さんは」

「そうじゃないよ。ぜんぜん、そんなんじゃない」

「やさしいですよ」

ミアは言い張った。美衣は諦《あきら》めたように笑った。

「んじゃね、みあちゃ。次はＴｉｋＴｏｋ撮ろ」

「踊れるかなーわたし。自信ない」

「界隈《かいわい》じゃキッズはみんな踊ってんだぜ。インスタもね！」

ミアを指さしながらステップを踏んで、美衣は雑踏にまぎれた。最後までほれぼれするほどギャルだった。

友達になれるか、なんて、殺人鬼には望むべくもない。だけど、できれば、嫌われないまま終わりたいとミアは思う。それぐらいのささやかな祈りを、ミアは自分に許す。

◇

怒りについて、小机小鞠は考える。

昔から、怒ったことがなかった。他人の言動に不快な思いをしても、ちょっとすればすぐに忘れてしまうし、そうでなければ自分を責めた。

――やっぱつまんねーわこまと遊ぶの。

大学生と付き合いはじめた加奈にそう言われたときも、小鞠は怒らなかった。いつかまた友達になれると思っていた。責めたり喚《わめ》いたりすることなく、ただ、そのときを待つことにした。怒るのもなじるのもばかげた情動の乱高下でしかなかった。

だから今、こうなっている。だから今、怒る必要がある。

きっと怒りとは、勇気のことだ。

小鞠は動き出すことに決めた。どんなことを話すべきなのかは、ずっと分からない。それでも、今、必要なことだった。

加奈が定宿としている場所は分かっていたし、いなくても広場のどこかにいるだろう。見つけ出して話し合うまで、帰るつもりはない。

「ちょっと行ってくるね」

靴を履きながら、室内に声をかける。ささいな身じろぎだとか小さな「ん」っていう相《あい》槌《づち》だとか、無関心なあたたかさを背中に感じて、小鞠は前へと進む。

パークサイドやましたの北側に集まっているひとびとを、美衣は公園界隈と呼んで仮設界隈《かいわい》と区別していた。公園界隈を構成しているのは、子どもを食い物にしようとやって来たろくでもない大人たち、売買春目当ての男女、観光客同然の地方のちんぴら、その他、美衣に言わせれば「生命力足りすぎ」ている連中だった。加奈もまた、公園界隈に属していた。

加奈は、すぐに見つかった。いつも動画を撮っている連中と、入り口近くの植栽に腰かけていた。

「あ、あの。加奈ちゃん」

甲高《かんだか》い声で笑い合う集団に、声をかける。いくつもの据わった目が向けられて、小鞠の息が詰まる。

「は？　こまじゃん。何？」

加奈は不機嫌そうに鼻を鳴らして立ち上がった。男たちが加奈に続き、半円の壁となって小鞠に押し寄せた。

「すこし、話せないかなって、思って」

「えなにこの子？　加奈ちゃん知り合い？」

「かわいいじゃん。いくつ？」

男たちがにじり寄って、加奈が感じたのは純粋で本能的な恐怖だった。

「まじやめろ」

加奈が男の尻を順番に蹴とばした。蹴られた方はにやにや笑って引っ込んだ。

「ねえだろあたしらに話すことなんて。ななのこと?」

小鞠がうなずくと、加奈は鼻で笑った。

「こまさー、今になって?　なめてんの?　おまえ加害者扱いされてからそれかよ?　遅すぎんだろ」

「そう、だよね。それは分かってるの」

加奈の言葉は完全に正しくて、何もかも手遅れだった。

「あのとき実はこうでしたって、それ聞いて、どうすんの?　暴露すんの?　別にいいけど」

「ちがっ、そういうんじゃなくて、ただ、ただ、わたしは……」

頭がまっしろで、体が震えて、逃げ出したかった。いつもみたいに言い訳に逃げ込みたかった。

怒れ、と、小鞠は命じる。

勇気を出せ、と。

「わたしたちもう謝れないんだって、その気持ちだけでも、共有できないかな?」

「ばかじゃん」

加奈は小鞠の言葉を遮《さえぎ》った。

「ばかだろおまえ。ふざけてんのか？　謝れない？　当たり前だろ！　死んだんだよななは！　首吊《くび》って！」

「だからっ」

「聞きたいんだろ？　言ってやるよ。あたしがななを売った、ななは死んだ、終わり。もう黙れよ。そんなこと言いに来たの？　おかしいよおまえまじで」

牙《きば》を剥《む》くように、加奈は笑った。

「なにも死ぬことなかったよな、レイプされたぐらいで。せっかく生き残ったのにね」

濁流《だくりゅう》みたいな涙を、小鞠は止められなかった。加奈はしばらく小鞠の前に立っていたが、やがて首を横に振った。

「くだらね。帰ろ」

小鞠を横切って、加奈は足早に歩いた。

「え？　なんか……いいの？」

男の一人が声をかける。

「いいよ」

「いいのかなあ」

「いいっつってんだろ！」

加奈は立ち止まって怒鳴った。

「ごめんて」

男が身をすくめ、にやにや笑う。加奈は頭を掻《か》いた。

「あいつ気に食わないんだよ。本当に気に食わなかった、昔から。いっつも、いっつも、いっつもいっつも！」

足元に転がってきたビニール袋を蹴とばして、加奈は怒鳴る。

「あたしのこと、許しに来たんだ。ふざけんな」

「あーね。加奈ちゃんそういうとこあっからな」

「うっせーんだよ！」

加奈に蹴とばされた男は、片足で跳びはねながら大げさに痛がった。

「まじ毒やめて加奈ちゃん。死んじゃう死んじゃう」

「死ねボケ」

加奈たちは宿に戻った。アルコールの瓶《びん》や紙パックや缶、市販薬や処方薬の袋とシート、封を切ったコンドーム、ぶちまけられた反吐《へど》が散乱するキッチンを抜けて居室に移ると、加奈は湿ったベッドの上であぐらをかいた。

「加奈ちゃんこれ今日ずっと機嫌悪いパターンじゃんね」

男の一人が煙草《たばこ》に火をつけた。

「ねーえー俺たちなんかしよっか？　さっきの子攫《さら》ってくる？」

「殺すぞ」

頬杖《ほおづえ》をついて壁を睨《にら》みながら、加奈はぼそっと言った。

「なんか知らないけど許してくれるんならいいじゃん」

「だからっ」

怒りに任せた絶叫を飲み込み、加奈はしばらく無言だった。怯《おび》えた男たちが再び愚にもつかない提案をするよりほんのすこし早く、加奈は笑った。

「おまえら、攫《さら》ってきてくれる？」

「お、いいよー。さっきの子？」

「ちげえよ、一回で学べバカ。仮設にギャルいんだろギャル」

「あ知ってる。美衣でしょ。あいつやらせてくんなかった」

「あのギャル、こまの世話焼いてんだよ」

「はーそうなんだ。よく見てんね」

「死ねボケ」

「いいけどそっからどうすんの？」

「好きにしろ」

男たちは歓声を上げた。

「えーやべえな。なんか食わせる用のやつあったっけ？」

「いらんでしょ。ぼこったら静かになるし」

「最悪。まじおまえとだけは女シェアしたくない」

「さっさと行け！」

加奈に怒鳴りつけられ、男たちは嬉々《きき》として宿を飛び出していった。

一人になった加奈は、拳《こぶし》を振り上げ、繰り返しベッドに叩《たた》きつけた。立ち上がり、間仕切りを蹴とばした。つま先が、石膏《せっこう》ボードにあばたのような陥没痕を作った。

「今さら……今さらだろ！　許してんじゃねえよ！」

◇

日が暮れるまで、小鞠はうずくまって泣いていた。男たちがひっきりなしに声をかけてきて、小鞠を庇《かば》おうとする女たちが次々にやって来て、当の小鞠を置き去りに罵《のの》り合いと掴《つか》み合いが始まった。集まった群衆が、笑いながらその様子を撮影した。

ありとあらゆる喧噪《けんそう》に耐えられなくなって、小鞠は蝸牛《かぎゅう》の毒で身を隠し、家に戻った。

やけに静かだった。いつもなら、美衣が食事の支度をしている時間だった。

「おかえり。こま、みーこ知らない？」

居室から顔を出した男の問いに、小鞠は胸騒ぎをおぼえた。メッセージを送ってみたが、いつまで経《た》っても既読がつかなかった。肺が縮んだような息苦しさと、痺《しび》れるような焦りが小鞠の体を叩《たた》いた。

スマホが、通知に震えた。加奈が写真を投稿していた。

汚い寝具に横たわる美衣を、五人の男が囲んでいた。

スワイプ。

加奈がカメラを前に笑っている動画。

『こま、これも許してくれるよね？』

男たちの笑い声が耳に障る。

視界の全部が繰り返し白熱して、体じゅうがやけどのように熱く傷んだ。腹の奥底から動物みたいな唸《うな》り声が込み上げた。

これが、怒りだった。

勇気なんかじゃない。なにひとつ清冽《せいれつ》なところなんてないし、自分を前に進める力も持っていない。ひとかけらの希望もない。もっとずっとどろっとしていて、ぐつぐつ煮え立っていて、押しとどめようもなく体じゅうから溢《あふ》れ出す黒い塊だ。

小鞠は美衣の牛刀を握りしめると無言で家を出た。吐き出す息は発熱し、白い帯となって流れ去った。思考も意志も鏃《やじり》のようにただ一点をめがけていた。

怒りは小鞠を、魔女として鋭く瞬時に鍛え上げていた。蝸牛《かぎゅう》の毒を体にぴったり密着させるように起動した彼女の姿は、誰の目にも映らなかった。駆ける足音は、どこにも響かなかった。

鍵がかかっていたから、小鞠はキッチンの窓を毒で覆い、包丁の柄《え》で叩き割った。ガラス片に手首を切りながら、小鞠は侵入に成功した。

向かって左手側の居室に、加奈と美衣と男たちがいる。Ｂｌｕｅｔｏｏｔｈスピーカーから、知らない音楽が流れている。煙草《たばこ》の煙が、蛍光灯の光を散乱させている。加奈は壁にもたれて腕組みし、男たちは寝具に横たわる美衣を囲んでいる。

「誰からいく？」

「もったいねーな。俺抜いちゃったよ昼に」

「まあまず脱がせますか」

「せやね」

美衣の服を、男が鋏《はさみ》で引き裂《さ》いた。家から持ってきたお気に入りだと自慢していたのを小鞠は知っていた。

誰でもいいから一人殺す。

小鞠は強く握りしめた牛刀の先端を、加奈の腹に突き立てた。

刃が、弾《はじ》かれた。

「は？」

加奈は一瞬、きょとんとした。それだけだった。

「んだてめえ！」

一切の躊躇《ちゅうちょ》なく、加奈は頭突きを繰り出した。額が鼻に直撃し、小鞠は衝撃と共に焦げ臭さを感じた。唇から脳にかけて走る杭《くい》のような激痛が意識を支配し、毒を手放した小鞠は音を立てて仰向《あおむ》けにひっくり返った。

「お、おおお……はははは！　まじか！　おまえまじか！　やべえなおい！　殺しに来た！　すげえよ！」

加奈は痙攣《けいれん》的《てき》に笑い、鼻を押さえてのたうつ小鞠を蹴飛ばした。小鞠は犬みたいな悲鳴を上げた。

「見ろよ！　さすがに怒ったわ！　怒るよなあ！　は、は、は！」

事態を飲み込んだ男たちも、加奈に追従して笑った。

「根性めっちゃあるじゃんこの子。いい金玉持ってるわ」

「おまえよりでかいんじゃね？」

爆笑が巻き起こった。小鞠は蛇口を捻《ひね》ったように溢《あふ》れる鼻血を手で押さえながら、牛刀を手探りした。痛みに目を開けられなかった。

「ちょっと立たせてよ。おれさーウイコン出てえからウイコン。応募動画撮るわ」

「まあじい？　格闘技やってんのおまえ？」

小鞠は腕を掴《つか》まれ、引きずり上げられた。

「見てろ。おら！　カーフキック！」

ふくらはぎを蹴飛ばされた小鞠は肩から床に落ちた。体の中で、なにかがずれたような音が反響した。悲鳴を上げる小鞠めがけて、嘲笑が降り注いだ。

「撮ってねーのかよだれも！　撮れよ！」

またも無理やり立たされた小鞠の腹に、拳《こぶし》が叩《たた》き込まれた。下半身が消え失《う》せたような脱力感と込み上げる嘔気《おうき》に、小鞠は膝《ひざ》をついた。

「あんま殴んなってだから。まじいかれてるわ。始めようぜ」

「ですな」

「よかったあ一人増えて。すげえなんか、潔癖症なのかな俺。やった後の女って唾《つば》くさくて嫌なんだよね」

そのとき、暗闇が訪れた。

「おおお？　なになになに。停電？」

「知らね。ブレーカー落ちたんだろ」

男たちはいっせいにスマホを取り出し、輝度を最大にして電灯代わりとした。

「外にあんだろブレーカー、めんどくせえなあ」

「行ってくるわ」

「ありがとー、よろしく」

一人が小鞠をまたぎ越し、外に出ていった。小鞠は荒く熱っぽい息を吐きながら、床を照らそうとスマホを取り出した。

ディスプレイに、通知が一件。知らない番号からのショートメッセージだった。

『建物まるごと毒で包んでください　後は任せて　ミア』

言われるがままに、小鞠は毒を起動した。

不意にスピーカーが、もちうつねの『おくすり飲んで寝よう』を大音量で流しはじめた。

「うわあ！　なになになに！」

「誰だよ！　びびらせんな！」

「俺じゃねえって！」

男たちが悲鳴を上げて顔を見合わせる。

「つか……遅くね？　電気」

闇の中に、軋《きし》むような沈黙が降りた。複数の、浅い息遣いが反響音のように鳴った。

流れ続ける音楽を遮《さえぎ》ったのは、ガラスを粉々に砕き散らしながら部屋に投げ込まれた物体だった。それはベッドの上で弾み、床を転がって壁にぶつかり静止した。

「ひうっ、あ、ああああ⁉」

　直視した男が絶叫した。窓を破って飛来したのは、人間の頭部だった。血に濡《ぬ》れたぎざぎざの切断面を部屋に向けるのは、ブレーカーの様子を見に行ったはずの男のものだった。

「なんでなんでなんでなんで⁉　ああああああ！」

「しん、え、死んで、え？　え？」

「誰か止めろよ曲ぅ！」

「はっぁあああああ！」

　一人の男が、号泣しながら外に飛び出していった。その後はしんと静まり返った。

「なあ、なんか、口、口に」

　男が、切断された頭部に近寄って、口の中に詰まったものを引っ張り出した。血と唾液を吸ったくしゃくしゃの紙切れには、短い文章が殴り書きされていた。

『椎骨の魔女を探している』

「拷問の、魔女だ」

　紙を見た男が、絶望的なうめき声を漏《も》らした。

「拷問の魔女が、殺しに来たんだ……！」

「落ち着け、ボケ」

　加奈の低い声が、張り詰めた恐怖の薄膜を破った。

「だからどうした？　あたしらも魔女だろ。殺しに来たなら殺せばいいんだよ」

静かで、要を得て、説得的な言葉だった。男たちは顔を見合わせたが、今度は恐怖のためではなかった。残された三人の男は目配せし、うなずき合う。一人は窓を見張り、一人は入り口を警戒し、一人はどちらにも対応できるよう間仕切りを背に、それぞれ立った。

三十秒。

六十秒。

乱れた呼吸が冷たい暗闇に鳴る。

「ふぅうう……」

深く息を吐いた男が間仕切りにもたれ——石膏《せっこう》ボードをぶち破って深緑のオープンフィンガーグローブが飛び出した。

「えっあっあっ？」

突き出した手は男の右腕を掴《つか》むと間仕切りの裂《さ》け目に引き込んだ。ぼぐ、と、音が響いた。力任せに引かれた肩が脱臼《だっきゅう》する音だった。

「ひィいいいいいい⁉」

男は反転して壁に向き合い、手足を突っ張って腕を抜こうとした。力負けした男の右腕は、鎖骨《さこつ》と肩の結節点まで間仕切りの向こう側に引き込まれた。

「たっ助けっ、たす、いっぎぃいいいいい⁉」

石膏ボードの向こう側から、音が聞こえた。肉で挟んだ木材を鋸《のこぎり》で挽《ひ》くような、怖気《おじけ》を招く怪音だった。

加奈が、残りの二人が、男に飛びついて引っ張った。男の体は貼りついたように動かなかった。

「あああああ早く、早く早ぐぅうううう！　なっなくなる、俺、俺の、あああ……」

だしぬけに抵抗が失《う》せ、男の体がすっぽ抜けた。加奈たちはもつれあって後ろに倒れた。

小鞠の顔を、なまぬるく鉄臭い液体が濡《ぬ》らした。眼前《がんぜん》に、ずたずたの切り口があった。恐怖で縮こまった舌が、喉《のど》の奥に潜り込もうとした。

男の右腕は、切断されていた。

「は、あああ……え、まじ？　まじ？　し、これ、死ぬ、死ぬ？」

加奈たちは自失したまま男が死んでいくのを見ていた。

それは、突然現れた。

最初からいたみたいに、加奈たちの後ろに立っていた。

夜みたいな黒髪に虹色のインナーカラーを入れた外跳ねおさげ。右耳には星座みたいな無数のピアス。引き結んだ唇からのぞく、銀色の牙《きば》ピアス。

オーバーサイズのスタジャン、袖口からのぞく細い白い手首と、深緑色のオープンフィンガーグローブ。

銀縁の丸眼鏡をすかして闇色をした瞳に刻まれた、怒り。

拷問の魔女は、後ろから抱きしめるようにそっと腕を伸ばした。その手には、くすんで光る薄い鉄刃《てつじん》が握られていた。

片刃の骨切鋸《ほねきりのこ》を、魔女はふわりと、男の首に押し当てた。

「えあ？」

び、ぢ、ぢ、ぢ、ぢ。

ゆっくりと挽《ひ》かれたぎざつく鉄の歯が、血肉を掻《か》き裂《さ》いて頸動脈《けいどうみゃく》に肉薄した。

「あええ？」

鋸歯《きょし》は一往復で血管を挽《ひ》き切った。横転した男の首から血が噴き出し、天井と壁に点描を打った。

「なんっ⁉」

アリカは、立ち上がった最後の一人の両目に鋸《のこぎり》を叩《たた》きつけ、ボタンホールに留めたiPod shuffleのボタンを押した。マカロンみたいなかたちのヘッドフォンがハチの『マトリョシカ』を鳴らしはじめた。

鋸が真横に引かれ、眼球を掻き潰《つぶ》された男は血を曳《ひ》きながら真後ろに倒れた。自失した加奈は、顔面にサッカーボールキックを叩き込まれて声も上げずに倒れた。

「たくさんいるときは、何人か逃がした方がいいってミアが言っていたよ。生き残りが、恐怖を伝えてくれるから」

独り言なのか、あるいは、涙と一緒に軟組織を垂れ流す男へ向けられたものなのか。

「てっめえ！」

アリカは声に反応し、大きくステップバックした。直後、硬く握られた拳《こぶし》がアリカの鼻先を通過した。

体ごと回転する勢いで拳を放った加奈が、血で顔にへばりついた髪をかき上げた。

「ぶち殺してんじゃねえよ。いかれてんのか」

「そうかもしれない」

アリカは手にした鋸を投げつけた。喉《のど》を捉えた刃は、加奈に傷を負わせることなく床に落ちた。

「やっぱり。膚《はだ》の魔女だね」

膚の魔女、その毒は拒絶。肉体をうすく覆う不可視・不可触の力場を生成し、攻撃は決して届かない。

「だったらどうした？」

「オマエを拷問して殺す」

加奈はけたたたましく笑った。

「やってみろや！」

掴《つか》みかかってくる加奈を難なくいなして、アリカは間仕切りに右サイドキックを打ち込んだ。石膏《せっこう》ボードが根本から倒れて、繋《つな》がった居室のもう一方に移ったアリカは加奈を手招きした。

「こっちの方がやりやすいよ」

加奈は無言で突進した。サイドステップで避《よ》けながら顔面に叩《たた》き込んだ左フックは、皮膚の数ミリ上を滑って空振りした。

「なるほど」

「当たんねえんだよ！」

「そうみたいだね」

右、左、右、加奈はめちゃくちゃに拳《こぶし》を振り回した。アリカは上体を反《そ》らし、あるいはステップで回避し、カウンターを差し込む。完璧なタイミングの右ストレートが、ジャブと右アッパーのコンビネーションが、いずれも上滑りする。

「うん、分かってきた」

アリカは体ごと前傾するようなオーバーハンドの右フックを放ち、そのまま加奈の体に抱きついた。加奈の両腋《りょうえき》に差し込んだ腕を背中側でクラッチし、突進する。壁に叩きつけられた加奈は、空気が肺から抜けるような短いうめき声を上げた。

「へばりついてんじゃねえ！」

加奈はアリカの肩を、背中を、脇腹を殴打する。姿勢を低くしたアリカは、加奈の首のあたりに側頭部を当て、壁に向かって押し込む。

「こいつっ！　んっだこれ！」

「胴タックルとボディロックだね。ここからテイクダウンを狙うんだ。グレコの――」

「聞いてねえ、ん、だよっ！」

加奈はアリカの頭を両手で抱えると、強引に足を振り出した。絡み合った二つの肉体が反時計回りに回転して、今度はアリカが壁に叩きつけられた。

壁に突っ張った加奈の両腕にアリカが挟まれるかたちで、二人は膠着《こうちゃく》した。

「両手壁ドンだ。知っているよ」

息切れしながら睨《にら》み上げる加奈に、アリカは無表情を向けた。

「おまえ、終わりだよ」

加奈はアリカの股間に左膝《ひだりひざ》を突っ込み、両脚でアリカの右脚を挟んだ。

「なるほど、動けなくなるんだね」

アリカはわずかに眉をひそめた。

「魔女だっつってんだろ。なめやがって」

加奈の両腕両脚に挟まれたアリカは、いわばスクラッププレスに設置された廃車も同然だった。加奈が両腕の幅を狭めれば、毒の力場に挟まれた肉体は容易に圧壊するだろう。

見えない力に押されて、アリカの首が、わずかに窪《くぼ》みはじめた。加奈は牙《きば》を剥《む》くような笑みを浮かべた。

「死ねねえぞ簡単に。何度も何度も意識ぶっ飛ばしてやる」

「オマエ、どうやって呼吸したり喋《しゃべ》ったり動いたりしているの？」

「ああ？」

アリカは閉じた口を咀嚼《そしゃく》するように動かすと、鼻から大きく吸った息をぶっと噴き出した。血に濡《ぬ》れた銀色の牙《きば》ピアスが宙を舞い、加奈の口のわずか手前で毒に弾《はじ》かれた。

「きったねえな！」

「ありがとう。理屈が分かった」

微笑《ほほえ》んだアリカの唇の端から、血が一筋垂れた。

「……もう死ねよ」

加奈が両手の幅を一気に狭めた。アリカの首が抉《えぐ》れたように深くへこんだ。青ざめた顔が鬱血《うっけつ》して膨らみ、弾けた毛細血管がアリカの目を真っ赤に染めた。

「これ、は、やりたく、ないんだ」

風のようなかすれ声に、加奈は応じない。

「たいてい、かけらも、残らないからね」

アリカと加奈の姿が、点滅したように小鞠には見えた。

またたきよりも短く消えて、部屋の中央に再出現したアリカはその場にへたりこみ、激しく咳《せ》き込んだ。加奈は、手足をばらばらに振り回しながら仰向《あおむ》けに倒れ、それきり動かなかった。

「よかった、生きているみたいだ。毒のおかげかな」

何が起きたのか、小鞠には感得できなかった。拷問の魔女が膚《はだ》の魔女を撃ち破ったこと以外には。

髄鞘《ずいしょう》の魔女、その毒は跳躍。ごくごくわずかな時間遷移。対象は身体ないし動作。身体を対象に取った時間遡行《そこう》により、外傷をなかったことにできる。一方、動作を対象に取る時間遷移は、自転速度の高速移動を可能とする。最大遷移可能時間である一秒に拘束されるため、一度の起動で移動できる距離は、横浜市内であれば370メートル前後となる。

動作への時間遷移は、密着した物体をも対象とする。服ごと移動しているのはそのためだ。このとき生じた加速度は、身体を対象に取った毒で踏み倒す。

加奈は、秒速370メートルの加速度を叩《たた》き込まれた。生きているどころか、原形を留《とど》めていること自体が幸運だった。

乾いた血をなめて、アリカは小鞠に目を向けた。瞳の深い闇色が、小鞠の心と体を鈍《にぶ》く痺《しび》れさせた。

「毒はもういいよ」

それは小鞠にとって単なる音の並びか、あるいは獣《けもの》の唸《うな》りのように聞こえた。二秒か三秒経《た》って、ぐずぐずと動き出した脳がアリカの言葉を意味あるものとして解釈し、小鞠は毒を解除した。

風の音と広場の喧噪《けんそう》がいっせいに耳を叩《たた》いて、浮遊しているようだった小鞠の心は現実に落下した。視界いっぱいに、血と死と荒廃があった。

小鞠はかすかに笑みを浮かべた。抱けたと思っていた怒りの、いとけなさとささやかさへの自嘲だった。

これが、これこそが、怒りのもたらすありさまなのだ。

◇

目覚めた美衣が感じたのは、指一本動かせないほどの倦怠感《けんたいかん》とめまい、胃をしぼられるような吐き気だった。口の中がやけに乾いていた。

ミアと別れた帰り道、公園界隈《かいわい》の連中と出くわしたことは覚えている。小鞠と加奈のことで、相談を持ち掛けられた。そこからの記憶はあいまいだ。向こうが差し出した飲み物に口を付けてしまったのだろう。

咳《せき》ばらいをして、目を開ける。かすんだ視野に、小鞠を捉えた。床に座り込んで、ぼんやりした目で何か見ていた。

小鞠の目線を追うと、男が床に寝そべっていた。ついさっき声をかけてきた男だった。だが奇妙だ。こっちを向いた顔の目も口も開いたまま固まっているし、なにより、肩から先が失《う》せている。

死臭が、美衣の鼻に取りついた。

「終わりましたね。うわ」

スクールバッグを抱えたミアが、部屋に入ってくるなり顔をしかめた。

「ミアの考えだよ。できるだけ怖がらせて、できるだけ残酷に」

応じる声に聞き覚えがあった。拷問の魔女の片割れだ。

「小鞠さん、どうしますか」

ミアに呼ばれて、小鞠は死体に顔を向けたまま目を動かした。

「わたしたちはこれから魔女を拷問して、殺します」

「どう、って?」

「わたしたちのこと、止めますか?」

美衣は口を開こうとした。喉《のど》の奥から漏《も》れ出すのはうめき声だけだった。

「止めません。でも……」

だめだよ、こま。そっちに行っちゃだめだ。

「こまに、やらせてください」

帰って来て、こま。お願いだから。

小鞠に手を差し伸べるミアと目が合って、自分は、どんな顔をしていたのだろうか。ミアは苦笑を浮かべた。

「実はインスタやってるんですよ、拷問の魔女として。よかったらフォローしてくださいね」

美衣を突き放そうとする偽悪の言葉だと、すぐに分かった。やるせなさとあわれみを、しかし、恨みが塗り潰《つぶ》した。

「こま、を、つれて、いかないで」

「ごめんなさい、美衣さん」

ようやく吐き出せた言葉に、小鞠は短く答えた。

「さようなら」

◇

凍りつく冷たさと焼けつく熱さを、加奈は同時に感じていた。とりわけ支配的な感覚は、首から肩にかけての律動する激痛だった。

幅一メートル、高さ二メートルほどのごく狭い空間に捨て置かれている。背後と左右の三面はフェルト材を貼られた壁で、正面側はガラス戸になっていて、扉一枚隔てたところに小鞠が立っている。加奈はそのように状況を認識した。

拘束されているわけではなかった。必要ないと思われたのだろうし、それは正しかった。肘《ひじ》をほんのわずか曲げただけで、腕に釘《くぎ》を打ち込まれてぐちゃぐちゃにかき回されているような痛みが走った。

「ずっと逃げてた。加奈ちゃんからも、ななからも。それどころじゃないからって、自分に嘘《うそ》ついてた」

小鞠がスマホを取り出した。

「教えて、加奈ちゃん。ななと、何があったの？」

「だから、あたしが、売ったって、言っただろ」

しわがれた声を一音発声するたび、喉《のど》の奥から血と膿《うみ》の臭いが込み上げた。

「そうじゃない。こまが知りたいのは、そのあとのこと。どうしてななは死んだの？」

「……聞いて、どうすんだよ」

「分からない。でも、知らなきゃ何も選べない。加奈ちゃんにも、こまにも、怒れない」

小鞠の事情を、加奈は知らない。だがはっきりしていることがあった。加奈がもっとも苦しんでいるとき、小鞠はそばにいなかった。加奈にはそれで十分だった。

そんなことよりも、生き延びる算段が必要だった。拷問の魔女が、なんのつもりでこんなところに自分を放り込んだのか、今どこにいるのか、ひとまず疑問は置いておく。まずはここを抜け出し、逃亡を図る。その際、小鞠は役立つだろう。うまくすれば匿《かくま》ってくれるかもしれないし、そうでなくとも人質に使えそうだ。

頭を回せ。扉の向こうの間抜けを、どうすれば利用できる？

「なな、最期に連絡してきてくれたの。加奈ちゃんには、何もなかった？」

込み上げてきたものを、咳《せき》と共に吐き出す。ぬらぬらした真っ赤な塊だった。どこがどう傷ついたら、人間の体の中からこんなものが出てくる？　時間はそれほど残っていなさそうだ。

考えろ。小鞠は単に逃げ道を探しているだけだ。菜々美の死の責任が自分にないと思いたいだけだ。今になってごちゃごちゃ言い出した理由はそれしか考えられない。今すべきは真実を伏せ、あるいは明かし、小鞠の考えを誘導すること。

「喋《しゃべ》った。あたしも」

「なにか、言ってた？」

考えろ。小鞠の気を引け。死ぬわけにはいかない。

「謝ってたよ。あたしに。ばかだろ」

これは真実だ。菜々美は加奈に謝っていた。ばかな女だった。

「加奈ちゃんは、なんて答えたの」

怒鳴りつけた。なじって罵《ののし》って、手も出した。

だが、小鞠の同情を引くのならばここがよさそうだ。

「あたしも、謝った」

言葉は少なく、後悔しているよう擬装する。小鞠は勝手にいろいろ都合よく解釈してくれるだろう。あとは小鞠の質問に合わせて——

風切り音が、耳に障った。

「これはね、拷問なの」

「は……？」

「加奈ちゃんには見えないところに水槽があって、そこから出た毒が、防音室に送られる。ってミアさんが言ってた」

「なに、は、なんで、おまえ、は？　は？」

なんだこいつは。急に頭がいかれたのか？　拷問？　なんの毒、違う今それはどうでもいい、なんだ？　何を間違えた？

「加奈ちゃんは」

小鞠は泣いていた。

「もう、ななのこと、どうでもいいんだね」

いや、なんでそうなる？

どこでどう判断したらそうなる？　おまえ自分が何したか分かってるのか？　死にかけてる友達に毒ガス吸わせようとしてるんだぞ？

「ふざ、け、んな」

動け、動け、動け。体、動け。

加奈は頭を前に振って、重みを頼りに突っ伏した。両脚を後ろに送り出し、ガラスに手を突いた。腕をめいっぱい伸ばすと、ドアノブに中指が引っ掛かった。全身が裂《さ》けそうに痛い。手首を曲げる。薬指と小指がノブに触れる。力を込めて、押し下げる。

がちん、と、冷たい衝突音がした。ノブは動かず、力尽きた加奈は仰向《あおむ》けに倒れた。頭を壁にぶつけて、血となにかやわらかい塊が腹の底からせり上がってきた。

「閉まってるよ」

知ってるわボケ。

「Ｂｌｕｅｔｏｏｔｈのドアロックが、こっち側についてるから」

そうだ、スマホ。小鞠はずっとスマホを手に喋《しゃべ》っていて、その違和感に気づくべきだった。人を拷問する際にＳＮＳのタイムラインを追ったり動画を観たりはしないだろう。

多分あのスマホに開錠アプリが入っている。だからまだ生きる目はある。本当に？　知るか。どんなことでもいい、希望を持て。

何を、何を、何を間違えた？　小鞠はどこで判断した？　ななのことがどうでもいいだって？　なんでそうなった？

墓を掘るように記憶を探っていく。

「あ」

気づいてしまった。たしかに、間違えたことを。

最初からずっと、許してほしくなんてなかったのだと。

◇

大学生と付き合いはじめたのは、嫉妬からだった。小鞠と菜々美が二人でマインクラフトを始めて、でも加奈はゲームに興味がなくて、やってみてもなにが面白いのかぜんぜん分からなくて、だから、気を惹《ひ》けると思った。

それにすこしだけ早く大人になることで、二人を引っ張っていけるとも思っていた。いつか、ゲームとＹｏｕＴｕｂｅの世界から男の子とインスタの世界へと移るときはやって来る。だとしたら、道案内をするのは自分だと思っていた。

それはささやかな苛立《いらだ》ちと掛け値なしの愛だった。水族館だかなんだかゲーム内に作った建物を自慢する小鞠に向かって、加奈はこう言った。

「やっぱつまんねーわこまと遊ぶの」

怒ってくれると思ったのに、小鞠はただ、困ったように笑った。

それから、菜々美とも小鞠とも、会話はなくなった。

◇

拷問機材は、ミアの手によるものだ。

防音ブースは、密閉された水槽と、ダクトによって繋《つな》がっている。水槽に満たされた二種類の液体は、マイコン制御された中央の仕切り板が持ち上がることで接触し、塩素ガスを発生させる、

生じたガスは、ダクトの始点と終点に仕込まれたファンによってブースに送られる。サーバー冷却用の毎秒6000回転可能なこのファンは、仕切り板の稼働と同時に回りはじめる。

吸い上げられた塩素ガスは、加奈を閉じ込めたブースをゆっくりと満たしていく。

0・5ppm　刺激臭。

はっきりと、加奈は異臭を感じていた。出来すぎな偶然だと、すこし笑ってしまうほどだった。

毒の臭いは、はじめて嗅がされた精液のものとそっくりだった。

◇

付き合った男がろくでなしなのは、最初から分かっていた。そもそもSNSで年下を狙う大学生がまともな人間であるわけがない。だから、はじめての性行為もろくなものにはならなかった。痛みにも妊娠にもなんの配慮もなかったし、それどころか顔に精液を排《はい》泄《せつ》された。そんなことに何の意味があるのかまるで分からなかった。

ただ怖かったし、ただ痛かった。涙を流す加奈に対して、男は無神経な笑顔を向けた。

「泣くほどうれしかった？」

加奈は必死に笑顔を作ってうなずいた。肯定しないと暴力を振るわれるのだと、加奈はとっくに学習していた。

逃げるか、助けを求めるべきだった。だけど、どこの誰に？　父にこんなことを相談したら歯が折れるまで殴られるだろうし、母は父の味方をするだろう。

疎遠になっていた菜々美から電話があったのは、五度目の——一度目と同様に辛《つら》いものでしかない——性行為の翌日だった。

『ごめんねぇ急に』

菜々美はいつも何かを謝っていた。

『西口で男の人といるの、たまたま見かけて、辛《つら》そうだったから。何かあったのかなって思って』

「なんもねえよ別に」

助けて。

『そう？　ならいいんだけど』

「それだけ？　切って良い？」

『まぁまぁ。いいでしょ。たまには喋《しゃべ》ろうよ』

話を聞いて。

「ねえだろ話すこと。もう。まだ友達のつもりでいんの？」

『ずっと友達だよ』

「くだらね」

『あのねぇ、こまちゃんとも話してたんだけどね。加奈ちゃんっていっつも、思ってること反対のこと言うよね』

なんの前触れもなく涙が流れた。

裏切ったのは自分なのに、菜々美は寄り添おうとしてくれた。加奈は全てを打ち明けた。くだらない嫉妬、つまらない見栄、何度も殴られていること、痛いだけのセックスには避妊具すらなかったこと、妊娠への不安、父にも母にも何も言えないこと。

加奈が泣き止《や》むまで相槌《あいづち》を打っていた菜々美は、

『警察に行こう、加奈ちゃん』

最速で解決案を切り出した。

「でも」

『親のことも相手のこともこれから先のことも全部どうでもいい。加奈ちゃんのことがいちばん大事だよ』

あのとき、怒ってほしかった。そうすれば加奈は迷わず友情を選んだ。助けを求めるやり方が間違っているのは自分でも分かっていた。なのに小鞠も菜々美も加奈を許したから、もう、引き返せなかった。

まだ間に合うのだと、菜々美が言ってくれた。

「分かっ……」

そのとき、世界が揺れた。

◇

1ppm　軽度の粘膜刺激性。

喉《のど》と鼻と目と口、やわらかな部分の全部に不快感を抱き、加奈は咳《せき》をした。息を吸うたびに痛みは鋭く太くなっていった。加奈は渇いた口にわずかににじんだ唾《つば》を飲み込んだ。一瞬だけ弱まった痛みは、すぐさま旧に倍する熱感として蘇《よみがえ》った。

間抜けめ、と、加奈は自分を罵《ののし》る。小鞠を使いたいのならば、素直に本当のことを打ち明けるべきだった。小鞠も菜々美も、加奈の性格をよく知っていた。そんなことすら忘れていた。

今でも許されたくなんてない。でも、それ以上に、死ぬわけにはいかない。

「開け、ろ」

加奈はガラス戸を弱々しく蹴りつけた。小鞠からの返事はなかった。

◇

災害から三十分。

あちこちが崩れていて、あちこちが燃えていた。瓦礫《がれき》やブロック塀に潰《つぶ》された死体があって、猛獣に襲われたような死体があった。地球そのものが鼓動しているような地響きに何度も足を取られながら、加奈と家族は避難所に向かった。

表皮を虹色に泡立てた巨大な化け物が、市街地を破壊しながら這《は》いずっているのを加奈は見た。それが人魚だと知ったのはずいぶん後になってからだ。魔女と魔女狩りについて加奈はなんの興味も持っていなかったし、人魚がどうして発生するのかについては誰も詳しいことを知らなかった。

空気はどろっと重たくて、いがらっぽかった。繰り返し咳《せ》き込んでいると、父に叱られた。

人魚は好き勝手に暴れたあと、消滅したらしい。せめて自衛隊か何かに殺されろ、と、加奈は思った。

◇

3ppm　強い刺激臭。目、鼻、喉への灼熱感《しゃくねつかん》を伴う痛み。

刺激に反応してとめどなく涙が流れた。目を開けていられなかった。

「分かった、言う、ぜ、んぶ、言う」

口を開くたびに咳《せき》が止まらなかった。そのたび、壊れかけた体のあちこちに激痛が走った。

近づいてくる足音が聞こえた。

「教えて」

目を開ける。涙とガラスの幕の向こうに小鞠がいた。

◇

災害から三時間。

避難所は近くの小学校の体育館だった。仕切りはなく、加奈と家族に割り当てられたのは養生テープで囲われたわずかな区画だった。与えられた数枚の敷布団と、持ち出したわずかな荷物をそこに置いた。

避難の際、やかんと配置薬しか持ち出さなかったことで父は母をずっと怒っていた。本来であれば何よりも早く祭壇を持ち出すべきだった、今から取りに行って来い。周囲の人間に寄ってたかってたしなめられるまで父は怒鳴り続けた。祭壇というのは父が入信している新興宗教の、教祖の写真が入ったがらくたのことだった。

その怒りに正当性があったのかは置いておくとして、父が、家族の誰よりも早く、しかも手ぶらで家から逃げ出したのは事実だった。

何もかもが耐えがたくて、加奈は避難所から抜け出した。校庭の薄暗いはしっこでスマホを見た。ありとあらゆるメディアにありとあらゆる情報が氾濫《はんらん》していた。

届いた一つのメッセージが、加奈の心と体を無遠慮な手つきで搾《しぼ》り上げた。

『今どこ?』

付き合っている大学生からのものだった。

返事をするべきではなかった。

世界そのものが薄っぺらくなったようで、蝉《せみ》の鳴き声だけがへんにはっきりと聞こえていた。いつの間にか加奈は自分の所在を教えていた。すぐに電話がかかってきた。

『おいまじやべえよ加奈!』

無事か、だとか、生きててよかった、だとか、そんな言葉は最初から期待していなかった。

『寛治《かんじ》さんってすげえ人がいんの、まじで避難所仕切ってて俺すげえ目ぇかけられちゃってさ。名刺もらった』

なにか言った気がする。すごいね、みたいなことを。

『でさあ寛治さんさあなんか見たとこ女に困ってんだよね。だから紹介しようと思って。加奈のこと。いいよね？　したら俺らさあまじで寛治さんの——』

いったい自分はなんなのだろう。どうして手土産に持っていくちょっといいプリンみたいに扱われているんだろう。

『じゃあ夜迎え行くから。ありがとね加奈』

通話が終わって、体から力が抜けて、倒れそうになった加奈を菜々美が支えた。

「ごめんねぇ。加奈ちゃんいないなって思って、探してて……」

菜々美は口を閉ざし、泣き出した加奈を抱きしめた。

張るべき意地などもう残っていなかった。加奈は菜々美の胸の中で震えながら泣き続けた。

「なんとかするよ。加奈ちゃんは、自分のことだけ考えて」

「どう、やって？」

「まぁまぁ。多分なんとかなるから、任せて」

あくまで鷹揚《おうよう》に、菜々美は笑った。

それ以上、話は続けられなかった。父が加奈を怒鳴りに来たからだ。この非常時にはみんなの心を一つにしてうんぬん、だというのにおまえは勝手にそこらをほっつき歩いてかんぬん。なぜ加奈が泣いているのか、父は訊《たず》ねようとしなかった。叱られているあいだに、菜々美は連れていかれた。

結果から言えば、菜々美の言葉は正しかった。謎の大人物〝寛治さん〟はとある指定暴力団の若頭であり、だしぬけに献上されたカタギの女子中学生を嬉々《きき》として抱くような異常者ではなかった。ついでに言えば、寛治さんにはちょうど菜々美と同じぐらいの年齢の子どもがいた。

というわけで、加奈の彼氏を中心とした大学生グループはめいっぱいぶちのめされ、避難所を事実上追い出された。

「気の毒になあ、怖かったろうなあ。おれのせいですまんなあ」

わざわざ菜々美を避難所まで送り届けた寛治さんは、何度も何度も謝っていた。

「ほらねぇ。だいじょうぶだった」

「ばか！」

加奈は菜々美を声の限りに怒鳴りつけ、それから二人で泣いた。

災害から一か月。

避難所での暮らしは続いていた。怒りっぽい人間はより怒りっぽく、弱い人間はより弱く、善人はより善《よ》く、集団生活はひとびとの気質をめくりあげていった。

加奈の父はますます横暴になり、母はますます従属した。菜々美だけが加奈の支えだった。二人は時間があれば校庭の薄暗いはしっこでおしゃべりした。

「こま、大丈夫かな」

ふと加奈が漏《も》らした呟《つぶや》きに、菜々美は目をまんまるくした。

「んだよ」

「加奈ちゃん、ふつうに本音言えるんだねぇ」

「死ねボケ」

「ごめんごめん。こまちゃんは……きっとまだ、辛《つら》いから」

菜々美も加奈も、小鞠と違って、親を奪われたわけではなかった。たとえ留保の余地なくろくでなしで、加奈のことを目の前にちらつく埃《ほこり》かなにかみたいにしか思っていなかったとしても、加奈の両親はたしかに生きているのだ。

「そろそろ仮設住宅に移れるって。そしたら、ちょっとは落ち着くから。二人で遊びに行こうねぇ」

「ん」

「マイクラやる？」

「やんねえよつまんねえから」

「楽しいのになぁ」

「……教えろよ。ちゃんと。なんか建物みてえなのの自慢しかしねえんだよこまは」

「こまちゃんそういうとこあるよねぇ。生まれつき末っ子の感じ」

「何もかもずれてんだよな。昔から」

「そこがこまちゃんのいいところでしょ」

「かわいがれって?」

「かぁいいじゃん」

応じないでいると、菜々美はにやにやした。

たぶんこのとき、小鞠と会うべきだったのだろう。拒絶されようと憎まれようと、話すべきだったのだろう。あまりにも多くを失って、だからこそ、もうこれ以上は何も失《な》くさないと思っていた。人生における不幸の総量は一定で、とっくに底をついたのだろうと勘違いしていた。

それから幾日も経《た》たないうちに、事件は起きた。

避難所を追い出され、おまけに異常性欲者として広く知られてしまった犯行グループが、一か月ものあいだどこで何をしていたのかは分からない。とにかく彼らは復讐を遂げた。

当選者が仮設住宅への移動を始め、避難所全体が浮足立っていたし混乱していた。菜々美が消えたことに両親が気づいたのは拉致《らち》から一時間後、発見されたのは七時間後だった。

災害から三か月。

仮設住宅への入居直後、加奈の父母は離婚した。父にステージⅢの食道がんが見つかったためだった。復讐のための最大にして最高の機を、母はずっと狙い澄ましていたのだ。化粧も許されていなかった母は、自分の人生を取り戻そうとするみたいに着飾り、復興が始まった横浜の夜を跳び回った。小鞠が一人で無数の申請書を書いたり高校を探したりしているあいだ、加奈はずっと途方にくれていた。

菜々美とは連絡が取れないうちに離れ離れになったし、まだ犯人は見つかっていなかった。孤独に朽《く》ちていくのだろう父について想像するのも恐ろしかった。どうしてだか何もかもが自分の責任みたいに思えた。

ある夜、歩けないほど酔っぱらい、男に連れられて帰って来た母は、加奈に向かってこう言った。

「あんたもねえ、自分の人生、自分で生きなきゃだめだよお」

善意から出た言葉ではあったのだろう。だが、母が子にかけていい言葉ではなかった。とりわけ、深く打ちのめされ、道に迷っている子に対しては。

「ごめん加奈ちゃん、お母さん酔ってるからさほら、ばかなこと言っててもあんまり気にしないでね」

母を連れてきた男が急いで弁解した。その善意も、加奈の傷を深くする助けにしかならなかった。

災害から半年。

犯人が逮捕されて、やっと救われたような気持ちになった。犯行グループは、鹿児島で発見された。彼らはどこからともなく入手したワゴンカーを乗り回し、出会ったひとびとには日本一周旅行の最中だと語っていた。

ＳＮＳでも近所でも、みんな加害者に怒ってくれていた。たくさんの人が味方になってくれているみたいだった。

きっと犯人たちはひどい目に遭うだろう。当たり前だ。どんなにめちゃくちゃな理不尽が襲ってくる世界にだって、正しさはあるはずだ。

災害から一年。

横浜地検は加害者たちを不起訴処分とした。理由は明らかにしていない。

◇

20ppm　体温上昇、流涎《りゅうぜん》、嘔吐《おうと》。胸痛。

暑かった。なのに寒かった。あの夏みたいに。

痺《しび》れた唇が震えて、加奈は床に反吐《へど》をぶちまけた。

「あ、いつら、を、許したんだよ。ななは。ばかだろ。ばかだ。あんな、こと、されて、どうして許せる？　こま、いんのか？　まだ、聞いてんのか？」

「いるよ、加奈ちゃん」

「あたしは……じゃあ、誰が、ななのこと、助けてやれんだよって」

◇

災害から一年四か月。

菊名の賃貸住宅で暮らす加奈と母のもとに、父の死が知らされた。

「あんた行くの？　ああそう。金だけ渡しとくわ」

母はそう言って出かけた。加奈が病院に向かうと、叔母が待っていた。

「ごめんね来させせちゃって。加奈ちゃんもう関係ないのに」

叔母に連れられて、病室に向かった。そこで父の死亡が確認された。

医者と叔母が手続き上の話し合いをしているあいだ、加奈は父の遺体と病室にいた。痩せこけて髪も薄くなっていて、上の前歯がなかった。乱暴で傲慢《ごうまん》だった父は、わずかに水気を残した大きな肉でしかなかった。

ふと加奈は、天井に浮かんでいるものを見た。

泡。

ちょうど両手で包めそうな大きさの、虹色にきらきらする、シャボン玉みたいな泡が弾《はじ》けて生き物が飛び出した。皮を剥《む》かれた猿の上半身と腐った魚の下半身をくっつけたような化け物だった。

人魚は加奈の腕にしがみつくと、融解して皮膚に浸透した。

こうして加奈は膚《はだ》の魔女となった。

「直葬にしてもらうからもう加奈ちゃんには……加奈ちゃん？　大丈夫？」

叔母に声をかけられて、加奈は、腕を引っ掻《か》いている自分に気づいた。皮膚を剥《は》がそうとでもするみたいに爪を立てて。

災害から一年七か月。

とうとう、菜々美を見つけた。

七か月前、犯人たちが不起訴になったその日から、ずっと加奈は菜々美を探し続けていた。それ以外のことはしていなかったし、母は加奈を放置していた。

とはいえ、地道な捜索活動が実ったわけではなかった。頭のいかれたインフルエンサーが、母親と二人で井土ケ谷《いどがや》のサミットに来ていた菜々美を隠し撮りしたのだ。動画はすぐに消されたしインフルエンサーはめちゃくちゃに炎上して引退したが、加奈にとってはどうでもよかった。加奈は捜索の過程で知り合った男性の家に滞在し、菜々美がまたやって来るのをただ待った。

一年九か月ぶりに見た菜々美は、父の遺体を思わせた。

痩せて、肌がぼろぼろで、髪が薄くて、開きっぱなしの唇はからからに乾いていた。

「よっ」

加奈がなんでもない風に声をかけると、菜々美は五秒ぐらい固まってから口をさらにぽかんと開けた。

「びっくりしたぁ」

はねるように伸びる語尾は変わっていなかった。加奈は涙をこらえて笑った。

「たまたま見かけたから」

「うそだぁ」

「うん。うそ」

二人は笑った。

今どこに住んでいて何をしているのか、会話は手短だった。

「今はねぇ、ゆっくり休んでるとこ」

「あたしも」

「やばいよねぇ。高校どうしよっか」

「いいだろ。別に。行かなくても」

「そっかぁ。あ、じゃあ、同じとこ行こうか」

「おまえあたしよりバカだろ？」

「そうだった。忘れてた。なんかねぇ最近、いろんなことすぐ忘れちゃうんだよねぇ」

「大変だな。そりゃ」

手を振って別れて、加奈にはそれで十分だった。その夜、加奈は犯行グループと連絡を取った。

◇

30ppm　声門浮腫《せいもんふしゅ》。呼吸困難。

誰かが手を握っているような気がした。喋《しゃべ》っているのか、ただ考えているだけなのか、加奈には分からなかった。すでに個々の苦痛は感じ取れなかった。ただ全身が白熱しているようだった。

◇

赤レンガ倉庫の跡地に集められた瓦礫《がれき》は、夜に見ると大きな生き物の背中みたいだった。例の日本一周ワゴンの中で、加害者三人の死体を脇に、加奈はぼんやりとそんなことを思った。

かつて付き合っていた大学生は犯行グループを連れてやって来ると、

「やっぱ俺のこと忘れられなかった？」

というようなことを言った。加奈はにっこりして、彼の運転するワゴンに乗った。あとは簡単だった。一人ひとり、膚《はだ》の毒で絞め殺すだけだ。最初の一人が加奈の体の上で息絶えたとき、他の二人はげらげら笑っていた。

「久しぶりすぎて死んでんじゃん。どけよ」

次の男が死んでから最後の男はようやく何かが起きていることに気づき、加奈に襲い掛かり、あえなく返り討ちに遭った。

瓦礫の山を背景に自撮りして、菜々美に送った。あとは、どうやって自分の始末を付けるかだけだった。なるべく苦しまず死にたかったが、膚の毒がそれを許さないだろう。

ぼうっと考えていると、窓がノックされた。警察だったら面倒だな、と思いながらそちらを見ると、菜々美だった。

「……は？」

「ごめんねぇ。来ちゃった」

来ちゃったじゃないよと加奈は思った。

「なんかねぇ、こないだ会ったでしょ。あのとき、すぐに引き下がったなぁと思って。いつもの加奈ちゃんだったら、怒るでしょ？　連絡ぐらいしろよって」

お見通しだったのだ。加奈は諦《あきら》めて笑った。

「最後にななと会えてよかったよ。これはまじで」

「なに言ってんの。だめだよぉ加奈ちゃん。わたしたち、せっかく生き残ったんだから」

菜々美は、手ぶらで来たわけではなかった。ばかでかいキャリーバッグを井土ヶ谷から転がしてきたのだ。

「三人かぁ。すごいねぇ加奈ちゃん」

「すごい……いや、うーん？　すごいか。すごくなくはねえよな」

「燃やしちゃお」

加奈は十秒ぐらい絶句してから、菜々美の提案に同意した。

「だな。燃やすか」

二人は夜の横浜を歩き回り、灯油用のポンプとポリタンクを手に入れた。車に残っていたガソリンをタンクで受け、引きずり出した死体めがけぶちまけた。いつだったか、加奈がそうされたみたいに、念入りに顔にかけてやった。

マッチを擦《す》って投げ込むと、めちゃくちゃに燃え上がった三つの死体から真っ黒な煙が立ち上った。

「うおっうおっどうすんだこれ、くっせえ！　最悪！」

「大丈夫だよ。見えてないから」

菜々美はひとさし指を口に当てて微笑《ほほえ》んだ。

「わたし、魔女なんだ。蝸牛《かぎゅう》の魔女」

蝸牛の魔女、その毒は遮断。

「加奈ちゃんもでしょ？　なんの魔女になったの？」

「膚《はだ》の魔女」

膚の魔女、その毒は拒絶。

「そっか。わたしたち無敵だね」

「……ああ。そうだな」

あらゆるものから隔絶された毒の内側で、二人は肩を寄せ合い炎を眺めた。冷たい潮風が死体の焼ける臭いを二人から遠ざけた。

火が弱まってくると、加奈は瓦礫《がれき》の山から廃材を引っこ抜いてきて投げ込んだ。燃え尽きた肉が炭になり、加奈の足元に転がってきた。蹴り飛ばすと軽い感触がして、まっくらな海に吸い込まれていった。

夜明けが訪れて、凪《な》いだ湾が一面の金色に染まった。二人は目を細めていつまでも海を眺めた。世界でいちばんきれいな景色だった。

三体分の骨を踏み砕いてキャリーバッグに詰め、二人は京浜急行に乗った。どうやら異臭がこびりついていたらしく、誰もが二人を奇異の目で見た。何もかもがどうでもよかった。加奈と菜々美はおしゃべりを続けながらどこまでも電車に揺られた。

一度も降りたことがないし何が由来なのかまったく分からなすぎるから、という理由で、ＹＲＰ野比《のび》で降車した。温泉があるという話だったがずいぶん前に閉館していた。仕方なく二人はまっすぐ堤防の先端に行き、キャリーバッグの中身を、次いで本体を海に投げ捨てた。

「まじで最高だったな」

帰りの電車で、加奈は総括した。

「ねぇ。楽しかったね」

「ＹＲＰ野比にも行ったしな」

「なんも分かんなかったねぇＹＲＰ野比のこと。これからどうする？」

「服買う」

「それから？」

「めし食う」

「それから？」

「どっか泊まるか。たまには」

「それから?」

「死ぬ」

「それはだめだよ」

「だめか」

「うん。加奈ちゃんは、死んじゃだめ」

「じゃあ、生きる」

「ん」

二人は服を買い、食事を摂《と》り、市内のホテルに泊まり、加奈が目を覚ますと菜々美は首を吊《つ》っていた。

遺書には、性的暴行を受けてからずっと辛《つら》かったこと、示談にするよう強く言われて断れなかった日から死にたかったこと、自分の勝手で復讐をしてしまったこと、加奈は何も知らずただここに呼び出されただけであること、それから、加奈と小鞠への謝罪があった。

いちばん最後に、菜々美はこう書き残していた。

『最期にそばにいてくれてありがとう。自分を許してあげてね』

怒鳴りつけた。なじって罵《のの》って、手も出した。菜々美は目を覚まさなかった。遺書を手に、加奈は外に出た。

最初からずっと、許してほしくなんてなかった。

今も、まだ。

災害から二年八か月。

菜々美を捜し歩いているとき知り合った男に誘われて、家を出た。流れ着いたのはパークサイドやましただった。

適当に生きて、適当にセックスして、適当に薬を飲んだ。

菜々美との約束があったから、死ぬわけにはいかなかった。命を削り落としながら、自分の葬式がやって来るのを待つ日々だった。

災害から三年四か月。

小鞠が、目の前に現れた。あまりにも無知で、あまりにも無神経で、あまりにも無垢《むく》に見えた。どうして同じぐらい傷ついていないんだと思った。加奈も菜々美も生きていたくないぐらい心を壊されたのに、なんで小鞠だけが平気で生きていられるんだ？

なんで、あたしのこと、許そうと思えるんだ？

◇

40ｐｐｍ　肺水腫《はいすいしゅ》、潰瘍性《かいようせい》気管支炎。

小鞠が手を握っている。
「ごめんね、加奈ちゃん。なんにも知らなくて、ごめんね」
どいつもこいつも、謝るなよ。
こまは悪くないよ。
最初から最後まで何もかもあたしのせいだから。
ちゃんと話せば、それだけでよかったのに。
「加奈ちゃん、そばにいていい？」
そうじゃねえだろ。手伝えよ逃げるの。楽な方選んでんじゃねえよ。
昔から何もかもずれてんだよな、こまは。
——こまちゃんそういうとこあるよねぇ。生まれつき末っ子の感じ。
ああ、そうだったな。
かわいがってやんなきゃだったよな、菜々美。
もういいか。いいよな。
死ぬなって？　あんなん約束でもなんでもねえよ、脅迫だろ。
ありがとう、こま。最期にいっしょにいてくれて。

ごめんね。
せっかく生き残ったのにね。

50ppm

70ppm

90ppm

100ppm　致死量。

ミドルカットのレザースニーカーが、二人と世界を区切る壁を砕いた。

破れたガラス戸から高濃度の塩素ガスが漂い出し、アリカは袖で顔を覆いながら防音ブースに踏み込んだ。血と反吐《へど》にまみれて、加奈と小鞠は手をつないでいた。

アリカは扉を内側から蹴り開けると、二人を引きずり出した。自身も粘膜を焼かれ、激しく咳《せ》き込み、涙を流しながら。

小鞠が、かすかに開いた真っ赤な目でアリカを見上げていた。

「オマエを殺すと、コイツも死ぬ」

アリカは加奈を、次いで小鞠を指さした。

「……って、ミアが言っていたよ」

小鞠の、途絶しつつある意識の中に、救急車のサイレン音が滑り込んだ。

「それに、死にたいやつを殺すのは意味がないから」

拷問の魔女が立ち去るのを見届けることなく、小鞠は目を閉じた。

◇

加奈が最初に感じたのは、清潔な空気の匂いだった。次に感じたのは暗闇に浮かぶ無数の輝点だった。たしかに目を開けているはずなのに、視野の全部がまっくらだった。

手を伸ばし、顔に触れた。さらりとした、包帯の感触が指先にあった。

「おはよ、加奈ちゃん」

「こま?」

「うん」

「どこだよ、ここ」

「病院。加奈ちゃん、こまの隣のベッドだよ」

小鞠は加奈の容態がどれほど悪かったのかをしばらく語り続けた。加奈は適当に聞き流した。何よりもまず失望が勝った。生き延びてしまったのだ。

「だから加奈ちゃんずっと個室にいて――」

「どうすんだよ」

加奈は小鞠のおしゃべりを遮《さえぎ》った。

「どうすんだよ。これから」

小鞠はしばらく無言でいた。

「……わかんない。でも」

焦《じ》れた加奈が口を開こうとしたところで、小鞠の声が、はっきりと聞こえた。顔をこちらに向けたのだろうと加奈は闇の中で感じた。

「こまの拷問は、これから始まるんだと思う」

生き延びてしまうことは、いつだって拷問だった。だが、加奈は強《し》いて声色に笑いを乗せた。

「あたしよりちょっと遅れてな」

小鞠はくすくす笑った。

「すぐマウント取るじゃん加奈ちゃん。昔からずっとそう」

「怒ってんじゃねえよ急に」

「怒るよ。これからは、ちゃんと怒るから」

二人は笑って、静かに泣いた。

◇

泥雨有果の生態は謎に満ちている。

普段どこで何をしているのか訊《き》いてみたところ、「なんか、いろいろ」ぐらいの茫洋《ぼうよう》とした返事だったので、ミアは、まあなんかいろいろなんだろうなと納得することにした。

アリカがサーキットトレーニングに打ち込んでいるさまを、ミアはぼーっと眺めた。ケトルベルスイング、バーピー、シャドーボクシング、ラダークイックラン。がらんとした町工場は、日々面積を広げていくジョイントマットによってホームジムに生まれ変わりつつあった。

衝撃的にまずいＢＣＡＡを摂《と》り、筋肉を追い込み、糖質補給にパウチされたあんこを啜《すす》る。これも一つの謎だ。アリカのやり方は誰がどう見たって非合理だった。髄鞘《ずいしょう》の毒は、触れるだけで起動条件を満たす。毒を押し付ける初見殺しが最適解であり、ＭＭＡ《総合格闘技》の技術で立ち向かうスタイルはリスクリターンが釣り合わない。

「そうだ、アリカ」

シャワーを浴びて——屋外にあるシャワールームも父がＤＩＹしたものだ——事務所へ戻ってきたアリカに、ミアは声をかけた。たったいま思いついたような声で、心臓をばくばくさせながら。

「こないだヘッドフォンの話したじゃないですか。あれからどうです？」

「運が良いと音が出るよ」

「ちょっと、見せてもらえませんか」

ヘッドフォンを受け取って、ワークベンチに向かう。はんだごてを加熱し、ステレオミニプラグやヒートガンを机に並べる。アリカは椅子の背に手をつき、ミアの手元を覗《のぞ》き込んだ。

ケーブルカッターでコードを切断すると、椅子がちょっと揺れた。アリカがびっくりしたのだ。

「……ひと思いに？」

アリカの哀《かな》しげな声をミアははじめて聞いた。

「違いますよ鬼じゃないんですから。直すんです」

コードから出した導線と、ステレオミニプラグをはんだ付けする。タブレットに繋《つな》げて、音が正常に出ているかどうかを確認する。

「ん、よさそうです」

ラジオペンチでケーブルとジャックを圧着し、接続部を熱収縮チューブとゴムカバーで覆う。

「はい、できあがり。お待たせしました」

手にしたヘッドフォンを持ち上げると、後ろからアリカの手が伸びてきた。

「ごめんなさい、ちょっと色変わっちゃいまし、た、けど……」

椅子を引いて振り返ると、アリカは、ヘッドフォンを自分ごと抱きしめていた。

これもまた、一つの謎だ。二千円もしなかっただろう古いヘッドフォンを、なんでここまで大事にしているのか。

「どうして、直してくれたの」

「いやその、前なんか、感じ悪い言い方しちゃったなーと思って。別にそんな難しいことでもないですし、あとこうなんか謝意の表れというか、その……ごめんなさい」

謝罪では足りないとでも言いたげに、アリカは闇色の瞳でじっとミアを見た。猫のやり方だ。

「アリカの毒について聞いたとき、ちょっと思ったことがあるんですけど」

告白を迫られたミアは、しぶしぶ本音を口にした。

「すごい速度でびゅって動いて、そのときの負荷を毒で打ち消してるわけですよね」

「肉体の状態を一秒前まで戻せるよ。見る?」

「見ないです」

アリカがまだ熱いはんだごてを掴《つか》もうとしたので、ミアはその手をぱしんとはたいた。

「それで、ふつうに考えたら、ヘッドフォンも音楽聴くやつも加速度で粉々になりませんか? そうじゃなくても、東西方向に吹っ飛んでいきますよね。ええとちょっと待ってどれ使えばいいんだっけ――」

ミアはメモ用紙に等加速度直線運動の公式を書き並べた。

「トップスピードまでどれぐらいかかるんですか?」

「さあ」

「じゃあ、0・01秒後に380メートル毎秒に到達するとして……」

公式に数字を代入し、求めた解と重力加速度の商を出す。

「3900G弱だって。サイヤ人でもきついでしょ」

かなり人跡未踏の数字が出てきたのでミアは震え上がった。

「おお」

アリカは目をまんまるにした。考えたこともなかったらしい。

「それで、分かったんです。アリカがいま身に着けているものって、アリカが、自分の体と同じぐらい大切に思ってるものなんですね」

照れずにどうにか、アリカの目を見て言いきれた。

「だからわたし、なんだろな、アリカのために何かしてあげたくてわぷ」

この「わぷ」は、急に抱きつかれておっぱいが顔と密着したときの「わぷ」だった。

湯上りの香りと、すずらんの匂いが濃い。

「ありがとう、ミア。すごくうれしい」

「わぷ、わぷ、ぷは！　びっくりした、あーびっくりした！　急！」

「嫌だった？」

「いやぜんぜん。日に数度は摂取したいですね」

やや混乱したミアはけっこう気持ち悪いことを言い、アリカはなるほど。ぐらいの神妙な顔でうなずいた。

「そっ！　それと！」

ミアはでかい声を出して気まずさを振り払った。

「それともう一個、お礼言いたいことがあるんです。おばあちゃんのところ、顔を出すようにしました」

「うん。そっか。喜んでいた？」

「天ぷらめっちゃ揚げてくれました。冷蔵庫入ってますからあとで食べましょう」

「ありがとう、ミア」

アリカはミアの頭を撫《な》でた。猫だ。あいつらはある瞬間から急激に頭をこすりつけてきたりおなかに乗ってきて足踏みしたり、なんか高い声でにゃーんみたいに鳴きはじめたりでこっちをびっくりさせるのだ。

触れられるとどきどきして、体がふわふわして、目のまわりがあたたかくむずむずして、ミアは、ばかげた情動の乱高下に身を委ねることにした。

◇

ホットプレートの上で焼けていくアボカドに、みぎめはしょうゆをちょっと垂らした。じゅうっと音がして、湯気がアルコールのにおいから焦がしじょうゆのにおいに変わっていくのをさし子は嗅いだ。

「んはーめっちゃいいにおい。これだけで呑《の》めますね」

さし子は錫《すず》のカップに注いだハイボールを口にした。

「んっま、なにこれ。なんか甘い」

「宮城峡《みやぎきょう》ね。加水すると甘みが前に出てくるの」

みぎめはアボカドをひっくり返して焼き目を確かめ、皿に取った。

「はへーぜんぜん知らんけどうんまい。みぎめちゃんなんでも詳しいな」

「勉強したもの。はいどうぞ、焼きアボカドのバニラアイスのせ」

「んっま！　やば！　んっま！　ダッツでしょこれ！」

「ボーデンよ」

「んまいんまい。なんか、この、焼いたアボカドとアイスが」

「ばかの食レポね」

水を切ってさっと焼いた島豆腐、とんぺい焼き、くるまえびを、二人は酒といっしょにやっつけていった。酔ったさし子は、対面に座るみぎめのすねを繰り返し軽く蹴りつけながらはなうたを歌った。

「やめなさい」

「えー？　じゃあこれは？」

さし子はつま先でみぎめの足指をなぞりながら流し目を送った。

「ねーえーねーえー。えっちな感じするくないですか？」

「今ナポリタンを炒めてるのだけど」

「卵いれて卵！」

「分かっているわよ」

「チーズ！」

「はいはい」

「ウインナーいっぱいいれて！」

「うるさい」

食事を終えて、みぎめが食器を洗っているあいだ、さし子はテーブルに頬杖《ほおづえ》をついてiPadを撫《な》でていた。けだるげに画面をなぞる指が硬直して、眠たげな半眼が見開かれた。

ニュース番組の公式アカウントがアップロードしたショート動画は、パークサイドやましたの光景を映していた。

「ねえ魔女さん」

からからに干《ひ》からびた野菜スティックを一本グラスから引き抜いて、さし子は立ち上がった。みぎめは洗い物の手を止めて、キッチンカウンター越しのリビングを見た。

「リビング、おはよう」

さし子の呼びかけに応じて、スマートデバイスが一斉に動き出した。シーリングライトの光量が最大になって部屋を寒々しく照らし、スピーカーが音楽を流しはじめ、カーテンが引かれた。

窓は夕闇に沈む市街地を切り取っていた。街の明りに、ぎざぎざの爪痕みたいな暗闇が食い込んでいた。事実、それは人魚が横浜に深く刻んだ癒しがたい傷跡そのものだった。

夜景を背負い、電ǂ鯨の『くらがりシティライフ』に合わせ、さし子はよたよた踊った。干からびた野菜スティックを指揮棒のように振り回しながら。

一分足らずの動画は、仮設界隈《かいわい》で発生した殺人事件について繰り返し語っていた。

「魔女さんは、わたしが死んだらどうしますか？」

さし子はくるくる回りながらカウンターキッチンまでやって来て、へろへろの野菜スティックをみぎめに向けた。

「そうね。最愛のパートナーの死を味がなくなるまで擦《こす》って……七千万円ぐらいにはなるでしょうから、FIREして釣りでも覚えるわ」

「釣りぃ？　なんで釣り、あ分かった！　待ってね待ってね、あれ、あの、あれー、あれ！　幸せになる気じゃん永遠に！」

「よく分かったわね、開高健よ。それで？　死にたくなったの？」

「試しただけですよ魔女さんのこと。また細いとこ通しに来ましたね。釣りしないでしょ魔女さん絶対」

君は踊り続ける。

三年は、生き延びた高揚をすり潰《つぶ》すのに十分な時間だった。人と都市が壊れたことを誰かが語るたび、君も同じぐらい壊れていくのを私はただ横で見ていた。

「なんですか？」

「転ぶわよ」

「支えてくださいよ」

私は君を抱いて、甘ったるい発酵の匂いを嗅ぐ。君は私の首に唇を当て、痛みを感じるくらいにきつく吸う。

「踊ったり発情したり忙しいわね。痛いのだけど」

「痛みは生きてる証《あかし》だぜ」

君の唇が吸い付いたり離れたりを繰り返しながら耳の裏まで昇ってきて、背中を指で押されるような違和感に小さく呻《うめ》いて腰を引く。君はくすくす笑って熱い息を吐く。

こんなことにはなんの意味もなかった。単なる退屈な時間つぶしだ。

私が応じないでいると、君は私の耳をつねった。

「魔女さんが、うちのこと、許すから」

君は私の唇を無理やり奪った。

私たちはとっくにずっとおかしくて、そのことを自覚できるぐらいには中途半端に倫理的だった。生きている以上は何も解決しないし、かといって死に方も見つからなかった。

どこかにまだ残っているかもしれない私たちの物語を、見つけ出さなければならない。
君の心が擦《す》り切れ尽くしてしまう前に。
私は君を、無価値な生に縛り付けてしまったのだから。
私は君に、恋したのだから。
突き飛ばすように私から離れて、君は再び踊りはじめる。

11　ウイッチコンバット・3

金網に閉ざされた直径九メートルの空間で、支柱にもたれたアリカは静かにそのときを待っていた。

「只今《ただいま》より！　ウイッチコンバット・3のメインイベント！　スペシャルマッチを行います！」

ナレーションが廃ビルに響き渡る。

「青コーナー。5フィート8インチ、143・1パウンド。日本、横浜市出身。拷問の魔女！　アリぃいいいいカあああああ！」

コールを受けたアリカは、眼前《がんぜん》のカメラドローンめがけて右ストレートを突き出した。

会場の緊張感が、高揚が、ひたひたと潮満ちるように高まっていく。今日このサークルケージの内側で、いよいよアリカの打投極《だとうきょく》が試されようとしている――

「なんなんですかねこれ」

ケージを囲うように並べられたパイプ椅子、その一つに座ったミアはぼそっと呟《つぶや》いた。

今から始まる戦いが現実のものとは思えなかった。

ボディメイクの動画を上げただけなのに、試合が組まれてしまった。どんな風が吹いてなんの桶《おけ》が転がればこんなことになるのか、ミアはいまだに承服しかねていた。

ため息をつきながら、ミアはここまでの経緯を振り返る。

◇

「アンチが三、直結が二、信者が二、残りを夢女子とリア恋が分け合ってますね」

ジョイントマットの上でプランク中のアリカは、床置きしたノートPCに目を落とすミアを見た。

SNSの反応やDM、匿名メッセージ送信サービスの内容などから視聴者層を分析しているところだった。

「女性ファンがいるんだ」

「ちょっと意外な数いますよ。なんだろ、見た目かな。ナマモノは節度ある方が多いんで、潜在的にはもっといっぱいいるかもしれません。てなわけで、ボディメイクの動画を撮りましょう」

「必要なの？」

ミアは腕組みして力強くうなずいた。

「女性にも男性にもリーチしますからね。どんどん知られてがんがん抑止力ですよ」

「そうなんだね」

「信じてください」

真に受けたのかただ単にどうでもよかったのか、アリカが首を縦に振ったため、さっそく撮影が始まった。

スポーツ用のカップ付きキャミソールと、ボディラインがくっきり出るヨガパンツを着たアリカが、ダンベルを両手にゆっくり腰を落としていく。

「おほほほほ」

後ろから撮影していたミアは、アリカのケツが迫ってくると気持ち悪い笑い声を上げた。アリカは振り返って首をかしげた。

「なんでもないですよ。続けてください」

ダンベルデッドリフトの次は、ダンベルブルガリアンスクワットだった。

「むほほほ」

ケツが迫ってきたのでミアは再び気持ち悪い笑い声を上げた。

「ミア？」

「いやあそのなんかけっこうぶちあがってきちゃいましたね！　どんどんやっていきましょう！」

なんかけっこうぶちあがってきちゃったミアは、アリカを言いくるめてさまざまな動画を撮った。

そのうちの一つに、キックボクシングエクササイズがあった。

この企画はミアの下心を満たすことに成功したものの、まったくと言っていいほど拡散されなかった。インターネットの暗く冷たい深海に沈んでいくはずだった映像に、しかし、目を留める者もいた。

ＭＭＡ団体ウイッチコンバット代表にして女子バンタム級王者、深井柊兎《ふかいしゅう》もその一人だった。

◇

はじめ、ミアはコラボ依頼のＤＭを捨て置いた。拷問の魔女の活動は当然ながら居直ったろくでなしを拷問して殺すことであり、インフルエンサーと絡んでなにか面白いことをするのは間尺に合わない振る舞いだ。

すると深井柊兎は、ＹｏｕＴｕｂｅの個人チャンネルで煽《あお》り動画を出した。

銀のミディアムボブに真っ赤なカラーコンタクトの柊兎は、カメラに向かってこう語った。

『魔女狩りしようと思いましてね。だっておかしいでしょう、魔女を拷問して殺すって、やばくないですか？　でもねー、出てこないんですよ。びびってるんでしょうね深井に。センスないと思いますけどね。深井とコラボすれば拡散されるの分かってんのに』

「がー！」

やすやすと煽られたミアはノートＰＣに向かって吠《ほ》えた。

「なめられてますよアリカ！」

アリカはパウチのあんこを啜《すす》りながらしばらく黙り、

「殺されたいということ？」

なにかしらのよくない結論に辿《たど》り着いてミアを震え上がらせた。

「違うと思いますけど」

「じゃあ、いいよ。放っておこう」

「そうなりますよね。あー煽られ損だわ」

『ルールは合わせますよ。ボクシングでもキックでもいいし。ＭＭＡならユニファイドでも、四点膝《ひざ》にトゥエルブトゥシックスありでも』

「なんかまだごちゃごちゃ言ってますね。なんでもいいですけど」

「待って」

ウインドウを閉じようとしたミアの手に、アリカの手がかぶさった。

『体重も、深井はバンタムでやりますけど、そちらはお好きに。ここまで譲ってるんですけどね』

闇色の瞳孔《どうこう》が開いていった。小鳥を見つけた猫のようだとミアは思った。

『まあとにかく返事待ってますんで。来ないとは思いますけどね』

動画が終わるなり、アリカは事務所の中でステップを踏み、シャドーしはじめた。

「ええと、アリカ」

「コラボって、どういう内容なの」

「だから試合ですよ試合。ウイコンでしたっけ」

「ウイッチコンバット」

「あ、知ってるんですね。そうそれの、メインイベントとしてアリカと戦いたいんですって。え？　やる気ですか？」

「やるよ。返事をお願い」

いきなり乗り気すぎてミアはしっかりまごついた。

「ええと、いや、ちょっと待ってください。どうしようこれ。あの、相手のホームですよ。それにこの人いっぱい毒持ってるみたいだし」

ミアは深井柊兎の動画をかたっぱしから再生していった。

空中に投げ上げた果物を見えない刃で切断したり、どす黒い炎で燃やしたりと、毒使ってみたシリーズは十数に及ぶ。

「どうでもいい」

「おっどっ……どうでもよかないでしょ」

アリカの近くにいることで、ミアは魔女バトルの本質を掴《つか》みつつあった。膚《はだ》の魔女戦において、アリカは一方的に毒を押し付け勝利した。肺胞の魔女も、髄鞘《ずいしょう》の毒にはまったく対応できなかった。帰納的にいって、毒のぶつけ合いや駆け引きにもつれ込むようなことはあんまりなさそうだ。

これは考えてみれば当たり前の話だった。魔女の毒が所与のものとして肉体を強化してくれるわけではないし、人体は大きめの石をそれなりの速さでぶつけるだけで壊れる。それ以上の殺傷能力は事実上無意味だ。

そうなってくると、初見殺しの数と速度——つまり、毒の所有数だ——が勝敗を分ける要因になるだろう。魔女バトルとは、身もふたもない争いだ。

説得的な言葉を探して唸《うな》りはじめたミアを後目《しりめ》に、アリカは電話をかけた。

「もしもし。久しぶり。パーソナル一時間。今から行く」

電話の向こうから怒鳴り声が聞こえてきて、ミアは我に返った。一方的に通話を終えたアリカが、スクールバッグを背負っていた。

「行こうか」

「へあ？」

首を捻《ひね》っているうちにミアは京浜東北線に乗り、東神奈川で横浜線に乗り換え、気づけば町田で降りていた。

「ええと、その、どこに」

「朴《パク》さんのところ」

「だれえ？」

「こっち」

ペデストリアンデッキを降りて十分ほど歩いた先の雑居ビル一階が、ベネフィティース町田だった。

「セネカだよ」

アリカは自動ドアに貼られたカッティングシートを指さした。

「うん？」

総合格闘技、キックボクシング、入会キャンペーン実施中、などの単語に連なった、DeBeneficiisという赤文字がミアの目に留まった。

「ジムの名前。セネカから採ったって朴さんが言っていたんだ」

「はへえ」

要らない情報だけがどんどん降り積もっていく。ミアは投げやりな気分になってきた。

セネカがどこの誰なのかも、ベネフィティースが歌なのか映画なのか小説なのかも知らないしどうでもよかった。

　自動ドアから入ってすぐ、受付の前に、朴さんは立っていた。

「アリカ！　どこほっつき歩いてたの今まで！」

ショートヘアをツーブロックにした女性は、対面するなりアリカを怒鳴った。

「いろいろ」

「いろいろじゃない！」

「横浜。の、いろいろあちこち」

アリカはきまり悪そうにうつむき、なにやらもごもご言った。ミアはぎょっとした。アリカの気まずそうなところをはじめて見た気がする。

「心配させんじゃないよまったく！」

「ごめん、朴さん」

「まったくねえこの子は昔から」

ずかずか近づいて、朴はアリカをがばっと抱きしめた。

「いいよ。やめて。離れて」

口では悪態をつきながら、仏頂面のアリカはハグを拒絶しようとしなかった。

「ん？　あら、こんにちはお嬢ちゃん。どちらからいらしたの？」

ミアに気づいた朴が、腰をかがめて目線を合わせ、にっこりした。

「あ、わ、こんにちは。えと、蛞頭巳蛙です。その、アリカの……なんだろ？」

「相棒だよ。今はミアのところに住んでいるんだ」

「はいええと、そんな感じです」

「まあー……まあまあまあまあ。そりゃびっくりだ。ごめんねえミアさん、迷惑かけてるでしょ。家賃払おうかこのごくつぶしの代わりに」

「やめて、朴さん。うざ絡みだよ」

「どうせあんた世話になりっぱなしなんでしょ！」

ぴしゃっと怒鳴られたアリカは、不服げに鼻を鳴らした。ミアは更なる衝撃を受けた。

どら猫だと思っていた生き物が、なんだかいきなり思春期だった。

「寒いでしょミアさん、入って入って。お茶用意するからね。あ、わたし朴知英《パクジヨン》。よろしくね」

そういった次第で、ミアは室内に招き入れられた。

ベネフィティース町田は二つの区画に分かれていた。トレーニング器具と応接セットがごっちゃになった手前側と、壁にも床にもマットを張った奥側だ。手前と奥は、ものものしい黒い金網で仕切られている。

「珍しい？　来たことないでしょジムなんて」

ルイボスティーを啜《すす》りながらきょろきょろするミアの隣に、朴が座った。

「はい。えと。格闘技？　の、ところですよね」

「フィットネスもやってるよ。体作りたかったらおいで。ミアさん、わたし何歳に見える？」

「うん？　えーと……」

「ガチで当てにきて」

問われてミアは朴を観察した。髪も肌もしゃきっとしているが、わざわざ問うぐらいだから意外な年齢なのだろう。

「35、とか？」

「お、うれしいねえ。46です」

ミアはまっすぐ仰天した。40代の肌質とほうれい線ではない。

「これがフィットネスの力だよ。びっくりしたでしょ」

「朴さん、アップ終わったらスパーして」

アリカはバンテージを掌《てのひら》に巻きつけ、マジックテープで留めた。

「本当に何もかも急だねあんたは。マス？　ガチ？　どうせガチでしょ」

「マスで」

「あらら。珍しいこともあるもんだ。怪我《けが》すんの怖くなった？」

「動きを見てほしいんだ。試合が決まったから」

朴はお茶を噴き出した。

「え？　誰と？」

「誰だっけ」

アリカはミアを見た。

「深井柊兎ですよ。ウイコンの」

「あー……そう来たか」

朴はしばらく、しわの寄った眉根を伸ばすようにひとさし指で揉《も》んでいたが、腿《もも》を叩《たた》いて立ち上がった。

「試合映像観るよ。対策立てよう」

「ありがとう、朴さん。うれしい」

アリカがにこっとして、朴は悔しそうに唸《うな》った。

「ああもうこれなんだよなあ。これされると言うこと聞いちゃうんだ」

「セコンドについて」

「あーはいはい！　もう好きにしな！　ミアさん、ちょっとごめんね、退屈させちゃうけど」

「え、いえいえぜんぜん。なんかアリカ、楽しそうですし」

「いい子だねえ。アリカにはもったいないよほんとに」

床に腰を下ろしたアリカと朴が、肩をくっつけスマホの画面を覗《のぞ》き込んだ。ミアは椅子に座ったままで二人を見た。

「最新の試合からね」

「うん」

二人の、口をまっすぐ引き結んだ真剣な表情が、ミアにはそっくりに映った。親子というわけではないだろう。だが、長い付き合いと信頼関係があるのは確かだ。

「中央取って居座るタイプだ、うおっほ、すんごいミドル蹴る！」

朴が柊兎の動きに喝采《かっさい》を送った。

「荒いけど、いい蹴りだね。怖いな」

自分が受けることを想像したのか、アリカはとうてい怖がっていなさそうな笑みを浮かべた。

「この子、地下格出身だっけ。っぽいもんね、動きが」

「そうなんだ」

「アリカは知らんよな。ランジェリーファイトみたいな、スケベなとこから出てきてんのよ――っと、またミドル。足癖悪い子だね」

「ミドルで試合を作りたいんだね。組みは拒否、距離を作って打撃で勝負するタイプだ。

「それで、まあ一人だけガチすぎてね。さっさとプロ団体に移って、五連勝で王座獲得。海外メジャーと契約まではいった」

「契約まで？　試合は？」

「流れた。人魚のせいで」

沈黙が降りた。スマホから、ゴングの鳴らされる音がした。朴はスマホのカバーを閉じて、場違いな歓声を遮断した。

「日本大会で、日本人に訴求するための契約だったからね。大会まるごと人魚災害のせいでぽしゃって、そのあと、海外からお呼びがかかることはなかった。この子はもとのプロ団体で一回だけ試合するんだけど、そこで対戦相手の選手生命終わらせちゃって」

「反則でもしたの」

朴は首を横に振った。

「カーフをカットしただけだよ。アリカ」

立ち上がった朴は右手右足を前に出して構え、アリカに蹴ってくるよう促した。構えたアリカは、左足を低く走らせ、朴の右ふくらはぎを蹴り込む。朴は足を開き、脛《すね》でアリカの蹴りを受け止めた。

「痛い」

アリカが顔をしかめた。朴は笑ってアリカの頭をぽんと叩《たた》いたあと、顔を曇らせた。

「柊兎はこうやって、普通に相手のキックをガードしただけ。そしたら、蹴った方の脚が折れちゃった。ぽきんって、まっぷたつに。だからこの子のせいじゃないんだけどね。とにかく試合後にベルトを返上して、そこから公式じゃ一試合もしてない」

座った二人は、しばらく無言でいた。

「でもそのあと、深井柊兎は成功したわけですよね」

スマホで柊兎について調べていたミアが口を開いた。

「インフルエンサーっていうか、もう実業家ですよ。港区でジムやって、高いサプリ売って、アパレルもやってるし。うわ不動産投資のセミナー開いてる。ウイッチコンバット、PPV5万件売ってます」

「あそんなに売れてんのあれ。ウチにもウイコン出たいって若い子いっぱい来るわけだ。良い時代になったねえ」

ウイッチコンバットは、柊兎が経営する会社の自社プラットフォームで配信されている。丸儲《まるもう》けだ。愚直に格闘家を続けていても、ここまでの社会的成功を収めることはできなかっただろう。

「どうでもいいよ。倒すだけ」

「よく言った！」

朴が肩を組んできたので、アリカは嫌そうな顔をした。

「そうだよ、ケージの中じゃあ身一つだ。勝つか負けるか強いか弱いか、それだけ。うっし！　改めて対策練るか。おいでアリカ」

二人は金網で画されたスペースに移り、対峙《たいじ》した。

「柊兎がサウスポーだから、ケンカ四つだ。どうする？」

さっきと同じく、アリカが左手左足を前に、朴が右手右足を前に、鏡合わせのように構える。あの状態をケンカ四つと言うのだろうとミアは推測した。

「外を取りに来たら、前足のカーフで止める」

アリカから見て左側に回り込もうとする朴の右ふくらはぎを、アリカは左足で蹴った。

「教科書通りだね。内取りに来たらジャブ突きな。相手の左ストレートは？　うまくはないけど、当て勘あるタイプだよ」

朴が、後ろにした左手を揺すった。

「出入りとフェイントで」

小刻みに跳ねながら、アリカは細かいステップで接近と後退を繰り返した。

「はいミドル蹴ってきた」

朴が左足でアリカの腹めがけて蹴ると、

「ニータップで倒す」

　アリカは蹴り足の膝裏《ひざうら》を抱え、朴の左肩を押した。よろけて後退しながら、朴は笑った。

「軸足に関節蹴りも試しな。びびってミドル蹴れなくなるから。じゃあ焦《じ》れて強引に詰めてきたら――」

　二人がしばき合いに熱中しはじめ、退屈になってきたミアがスマホに目を落とすと、一件の通知があった。

「アリカ！　今いいかって、深井柊兎からです！」

　金網に押し付けた朴の腹に膝蹴りを打ち込んでいたアリカは、うなずいて額の汗を拭《ぬぐ》った。

『突然申し訳ありません。深井と申します』

　ディスプレイに映った柊兎は、ふかぶかと頭を下げた。

「あどうも」

　つられてミアも、思わずおじぎする。

『コラボの件、ありがとうございます。すみません、動画で失礼な物言いしちゃって』

　応接セットの丸テーブルに置いたタブレット越しに、二人は柊兎と向き合っていた。また煽《あお》られるのかと身構えていたミアだったが、意外にも柊兎の腰は低かった。

「あーいえいえ、そんな。お仕事でしょうからこっちは別に」

「いつやるの」

アリカが口を挟み、柊兎は目を丸くしたあとに微笑《ほほえ》んだ。

『詳細はPDFにまとめて、後ほどアップローダーのURLをお送りしますね。ところで、ええと――』

「泥雨有果」

『アリカさん、何年ぐらい格闘技されてます？』

アリカはミアを見て首をかしげた。

「なんでわたし見るんですか」

「じゃあ四年」

『わーやっぱり！　やってる動きだーって思ったんです、あのボディメイク動画観て。めっちゃストレート伸びますよね、きれいすぎてびびりました。ＭＭＡですか？』

アリカが首肯すると、柊兎はうれしそうにした。

「ですよねー！　スタンス広くて出入り早くて現代ＭＭＡの味しましたもんあのシャドー」

「オマエは何年やっているの。バックボーンは？」

おや、と、ミアは思った。なんとはなしの嫌な予感が、この時点で生じていた。

『年数は、えーどれぐらいかな、十年？　バックボーンっていうバックボーンは、しいていえばキックかなあ。アリカさんは？』

「ＭＭＡ」

『あーそんな感じします。最近はそういう選手多いですもんね。組み手争いも見せてほしいなー』

「見せるよ。試合で」

『いいですね。大好きですそういうの』

なんか、話が弾んでないか？

『アリカちゃん好きな選手います？』

おいおいおいおいおいアリカちゃんだと？

「ケビン・ランデルマン」

『ぶはははは！　懐かし！　いい選手でしたけど、深井の世代ですらないですよ。ヒョードルをリングに叩《たた》きつけたやつ観たなー』

「二面で大ボス登場」

『ゆー！　ゆー！　ゆー！　あいらびゅーがいず！』

「ふふっ」

『ぶはははは！』

え待って、なんだこれ？　知らない話でめちゃくちゃ盛り上がっているんだが？

「オマエは？」

『えー誰だろ？　いっぱいいるなー、ヴァレンティーナ・シェフチェンコ分かる？』

「知っているよ。打撃とダンスのキレがおかしい選手」

『そうそうそう！　ぶはははは！　あのきれっきれのダンスね！　あやば時間ない、ごめんアリカちゃん、これ一生話せるやつだけど続きまた今度しよー』

「試合の後で」

『じゃあまた！　ばいばーい！』

通話が切れた。ミアはおそるおそるアリカの顔を見た。

アリカは、満足げだった。

「いいやつかもしれない」

ミアはまっしぐらに青ざめた。こんなむふーみたいな表情のアリカを今までミアは見たことがない。

「おおお……の、脳が、脳が破壊される」

「ミア？」

うまいこと言いくるめてケツを見てにやにやしていたばかりに、このありさまだ。罰なのだとしても、ちょっと過酷すぎた。

「ミアさん？　疲れちゃったよね」

朴まで心配してくれて、ミアはもやもやと申し訳なさを一手に抱えることになった。

「いえ、大丈夫です。細かいことはこっちでやっとくんで、アリカと朴さんは試合に集中してください」

「ありがとう」

「いーえー」

「ミア、怒ってる？」

「いーえー」

「そう。朴さん、スパーお願い」

朴とアリカが殴りあっているあいだ、ミアはずっと頭を抱えていた。

◇

けっこう長いこと、アリカと朴はしばき合いと打ち合わせの中間みたいなことをしていた。体力の尽きた朴が音《ね》を上げることで終わり、アリカはシャワールームに向かった。

「ヒマでしょ、ミアさん。どっか遊び行っててもいいよ」

先にシャワーを浴びた朴が、髪をタオルで拭きながらミアに声をかけた。

「や、大丈夫ですよ。お気遣いなく」

「ババアにも容赦ないんだからねあの子は。息上がってるふりぐらいしろっての」

朴は床にあぐらをかいて、長く息を吐き、自分の肩を揉《も》んだ。ミアは話題を探した。

「あの、アリカ、強いんですか？」

「MMAで？　強いよ。タッパもフィジカルも技術もあるから、国内じゃ誰にも負けないだろうね」

ミアはちょっと誇らしい気持ちになり、すぐさま自分を戒《いまし》めた。この後方彼女面が脳破壊の惨劇を招いたのだ。

「それにしてもねえ。相棒とは」

どう答えたものか、ミアは沈思した。朴は拷問の魔女について、アリカとミアが共に殺人鬼であることについて、どこまで知っているのだろうか。

「アリカ、自分のこと話す？」

問いかけて、ミアの反応を見た朴は苦笑いを浮かべた。

「昔からあんなんで、友達もいなくてね。ミアさんにすごくなついてるの見て、ちょっと安心した」

「そうですか？」

「あの子が誰かをここに連れてきたの、はじめてだよ。ミアさんのこと紹介したかったんだろうね」

「ははあ、そんなもんですかねえ？」

すっとぼけながらも、ミアは、みるみるうちに脳が回復していくのを感じていた。

「まあでも甘えすぎだ、ミアさんに。うんざりしたら言ってね、わたしがぶちのめしに行くから」

「返り討ちだよ」

濡《ぬ》れ髪をそのままにシャワールームから出てきたアリカは、朴に軽口を返すと、ボクシンググローブとレガースを装着した。

「ミア、そろそろやろうか」

アリカはグローブをばすんと打ち鳴らした。

「え？　急だないつも通り。なんですか」

「朴さん、グローブとレガース貸してあげて。打撃ドリルやるから」

「いいけど、あれ？　ごめん、もしかしてミアさんも試合だった？」

ミアは首を高速で横に振った。

「今日はそのために来たんだよ」

アリカが何を言っているのかよく分からないのはいつものことだったが、これはさすがに飛びぬけていた。アリカは、あまりにも当たり前みたいな顔で構えたり体を揺らしたりしている。仕方なくミアは、顔ぐらい大きいボクシンググローブをはめ、脚にレガースを着けた。

金網で画されたスペースに移り、アリカに言われるまま構える。

ドリルとは、シチュエーションに沿った練習のことを指すらしい。ミアはまずジャブを打つよう指示された。

「顔を狙って」

「え、うろうろしないでください」

「ドリルだから」

そういうことらしい。ミアはゆったりサークリングするアリカめがけて左のパンチを出した。

「いいね」

アリカはミアの拳《こぶし》を左手のグローブで叩《たた》き落とした。

「あの」

「次はジャブ二回。二打目はみぞおちを狙うボディジャブで」

言われた通りにジャブを二回放ってみる。二打目は、ステップバックで回避された。

「止まらず、踏み込みながら打つ」

しばらく、グローブ同士の接触する乾いた音が響いた。

「ジャブ、ボディジャブ、追いかけて右ストレート、右ミドルキック」

「ねえこれずっと何やってるんですかわたしたち」

「打ったら拳は戻すよ。常に相手との距離、角度を意識して」

「ねえー！」

ドリルはだんだん複雑化し、条件分岐していった。

前進する相手にはワンツーからジャブ。打ち返しにはカウンターのボディストレート。外を取ろうとする相手には、内を取ろうとする相手には……ミアは頭がぐるぐるしてきた。

「どう？」

汗だくで金網にもたれかかったミアに、アリカが訊《たず》ねた。

「なんのどうですか」

「分かった？」

「まあ、その、なんでしょうね。はじめてプレイする音ゲーみたいってことは分かりました。あれ大事なのは反復練習で、反射神経だけでやろうとすると失敗するんですよね」

うれしそうにしたアリカはミアの頭を撫《な》でた。ミアの回答が満足いくものだったらしい。

「やめてください。べたべたしてるから」

「いいよ」

「わたしが嫌なんです。すみません、シャワーお借りしていいですか？」

「どうぞー」

ざっと汗を流してシャワールームから出ると、アリカは帰り支度を済ませていた。

「ラーメンでも食べて帰ろうか」

「もうなんでもいいですよ」

疲れ果てたミアは適当な返事をした。

「またおいでね、ミアさん。アリカも」

「うん。ありがとう、朴さん」

「お世話になりました」

朴はジムの外に出てアリカとミアを見送った。

信号待ちで振り返ると、朴はまだ外にいて、二人を見ていた。途方にくれているように、なぜか、見えた。

帰りの電車で、ミアは朴知英について検索した。

朴は、かつてアジア最高の女性格闘家と評されていた。海外でいくつものタイトルを獲得し、母国では今なお英雄だそうだ。

ベネフィティース町田は、人魚災害の後に開業したらしい。

セネカについても、ミアは調べた。De Beneficiis、寛容について。その本によれば、寛容とは、復讐の機会が訪れたときに相手を許すことだという。

アリカが拷問の魔女であることを、朴は知っているのだろうとミアは思った。アリカは、朴の願いを裏切っている。そして朴も、アリカを止められずにいる。

心を焦がし続ける怒りは鎮《しず》められない。同じような怒りに叩《たた》き伏せられ、殺されるまで。

納得ずくで人を殺したはずなのに、いまさらミアは、アリカのことをさみしく感じた。痛みは誰とも共有できない。けっきょくのところ、ミアとアリカは異なる傷の異なる苦痛を抱え、たまたま同じ道を歩いているだけだ。

だけど、たぶん、喜びや努力や達成感は一緒に味わえる。だとすれば――

「ミア？」

つり革に掴《つか》まったアリカが、座席上のミアを見下ろしていた。

「おなかが痛いの？」

「まあちょっと食べすぎましたね」

ミアは笑ってごまかした。

深井柊兎とアリカは、友達になれるかもしれない。そのことを想像してしんどく感じる自分が醜く思えた。

「ごめんなさい、ちょっと寝ます。着いたら起こしてください」

ミアは目を閉じて、闇色の視線を遮断した。

◇

金網に閉ざされた直径九メートルの空間で、支柱にもたれたアリカは静かにそのときを待っていた。

「只今《ただいま》より！　ウイッチコンバット・3のメインイベント！　スペシャルマッチを行います！」

ナレーションが廃ビルに響き渡る。

「青コーナー。5フィート8インチ、143・1パウンド。日本、横浜市出身。拷問の魔女！　アリぃいいいカああああああ！」

コールを受けたアリカは、眼前《がんぜん》のカメラドローンめがけて右ストレートを突き出した。

「赤コーナー。5フィート5インチ、134・8パウンド。日本、横浜市出身。8戦全勝。ウイッチコンバット女子バンタム級王者。魔の女王！　深井ぃいいいい柊兎ううううう！」

柊兎は、ぴんと立てた中指で投げキスを送った。

「なんなんですかねこれ」

ケージを囲うように並べられたパイプ椅子、その一つに座ったミアはぼそっと呟《つぶ》いた。今から始まる試合が現実のものとは思えなかった。

「かーなり体重差あるよね」

いきなり隣から反応があったのでミアはぎょっとした。顔を向けると、車椅子の少女だった。

「フェザーとバンタムだもん。柊兎様にはきついマッチメイクだ」

「はあ……」

「ま、柊兎様が負けるわけないか。素人《しろうと》だし相手」

現地で観戦できるのは、スポンサーとオンラインサロンの一部会員だと聞いている。後者だろうとミアは値踏みした。後方腕組み勢だし、仲間だと思われている。

審判に指示され、二人はケージ中央で向き合った。手短なルール説明のあいだ、柊兎はにこにこと、アリカは無表情で、見つめあっていた。

「本気出してねアリカちゃん。安心して、殺さないから」

「あたしは、殺すかもしれないよ」

「ぶははは！　いいねいいねー、そういうの大好き」

柊兎が突き出した拳《こぶし》に拳を合わせてグローブタッチし、再度、アリカと柊兎はケージ際まで離れる。

ゴングが鳴った。

アリカが小走りでケージ中央を取り、対する柊兎は、のそのそ近づいてくるなり左ハイキックを振った。右腕を上げて防御したアリカに、柊兎はまっすぐ突っ込んで抱きついた。

「いきなりタックル！」

後方腕組み少女が車椅子のひじ掛けをごんごん叩《たた》いてミアはぎょっとした。

二つの体が一直線に後退し、アリカの背中が金網に叩きつけられた。

「アリカ！　小手巻いてケージに足付けて！」

ケージのすぐ外、セコンドについた朴が叫ぶ。

「頭の位置！　譲んないよアリカ！　呼吸しながらね！」

アリカは柊兎の右腕を抱え、踵《かかと》を金網にぴったりくっつけた。柊兎は頭でアリカの顎《あご》を突き上げ、アリカは押し返そうとし、二つの頭がごりごり擦《こす》れ合った。

「いいぃいい……」

痛みを想像して、ミアは両手の指をもじもじさせた。あんなことをすれば顎も頭も痛いに決まっている。

「引いて来たら足巻いてくるから気を付けて、そう！　膝《ひざ》！　膝！」

腰を落とした柊兎の腹に、アリカは膝蹴りを繰り返し叩きつける。嫌がった柊兎が、アリカの太腿《ふともも》を腕で押さえにかかった。

「顔剥《は》がして！　肘《ひじ》もあるよ肘も！」

アリカは畳んだ左腕を二人の顔の間にねじ込み、てのひらで柊兎の顔を押してスペースを作ると、顎に肘打ちを入れた。

「ナイスぅー！　膝！　肘！　それずっと、それずっと続けて！」

肘と膝を立て続けに受けた柊兎は、アリカの肩を押しながら飛び離れた。離れ際にアリカが放った肘は空振りし、柊兎はバックステップでケージ中央に戻る。

「うおおおおお！」

後方腕組み少女が絶叫し、興奮しすぎたのかけっこう深めに咳《せ》き込んだ。

「大丈夫ですか？」

「へ、へへ、ちょっと喘息《ぜんそく》が……ねえ、アリカ素人《しろうと》じゃないよねあれ」

「え？　ああ、まあそうなんでしょうけど」

「見れたねー組み手争い」

ケージ内で、柊兎が口を開いた。アリカは唇の端をかすかに持ち上げ、拳《こぶし》を突き出した。受けて柊兎は、グローブタッチ。拍手が起こる。

「ねえ！　これすごい名作になるんじゃない？」

後方腕組み少女がミアに顔を向けてひじ掛けを連打した。

試合は一転、遠距離戦となった。アリカが、ジャブを振りながら柊兎を追う。柊兎は前にした右手でアリカのジャブを叩《たた》き落としながら後退する。ケージの中を、追う者と追われる者が回った。

「シッ！」

アリカのジャブに、柊兎は左ストレートを返した。アリカはバックステップで回避、直後に踏み込み、さらにジャブを突く。

「ああリーチ差あるからなあ！　柊兎様！　がっと行ってがっと！」

後方腕組み少女が後方セコンド面をしはじめた。ミアは嫌な予感がした。喘息《ぜんそく》持ちの子が、あんまり空気のよくない場所でこんなに大声を出していいものなのだろうか。

ぱん、と、乾いた音がした。

アリカのジャブが柊兎の顔面に刺さっていた。柊兎も右ジャブで返すが、すでにアリカはバックステップを終えている。

「いいよアリカ！　自分から自分から！　前手前手前手！　そう！　ナイスゥー！」

アリカは半歩分、距離を詰めた。互いのつま先が触れ合うような位置関係だ。

柊兎が、アリカから見て左側に回ろうとした。アリカはすかさず左足を走らせ、柊兎の右ふくらはぎを叩く。カーフキックだ。今度は右側に回ろうとした柊兎の左脇腹に、アリカの右足、そのつま先が突き刺さった。

「ナイスゥー！　アリカ！　ナイス三日月蹴り！」

顔をしかめた柊兎が、一瞬、動きを止めた。アリカはジャブを放った。一打は顔、二打目はみぞおちに。

「あ……」

ミアは思わず前のめりになった。ジャブ、ボディジャブ。この展開は知っている。打撃ドリルだ。

後退した柊兎の顔面に、アリカの右ストレートが突き刺さる。追撃の右ミドルが柊兎の脇腹で炸裂《さくれつ》する。

「んんっ！」

柊兎はカウンターの右フックを放った。アリカは上体を反《そ》らして回避すると、右フックを一発こめかみに打ってからバックステップした。

わずかな観客の、しかし、歓声は凄《すさ》まじかった。柊兎の名を呼ぶ悲鳴に近い声が混じっていて、その発信源はミアの隣だった。

「え？　え？　柊兎様ぁ！　なんなの？　強すぎる……」

強すぎるらしい。ミアの、まあうちのアリカなら当然ですけどね？　みたいな表情に気づかないぐらい悄然《しょうぜん》としている。

「ほらもっとおいでよ！」

鼻血を垂らしながら、柊兎は両腕を大きく広げた。挑発に一切付き合わず、アリカは距離を保った。

柊兎が左ミドルを蹴る初動に、アリカは左関節蹴りを合わせた。軸足の膝《ひざ》を蹴りつけられた柊兎の姿勢が、がくんと崩れる。よたよたと後退した柊兎の右膝に、アリカは二度目の関節蹴りを入れた。

「うまい……あれじゃもう柊兎様ミドル蹴れないよぉ……」

後方腕組み少女はちょっと半べそだった。これはミアにも納得がいった。膝をぶち壊されるリスクを負ってまで、蹴りは出せないだろう。

「アリカ、ラスト30！　このまま集中して！」

ミアにもだんだん見方が分かってきて、後方腕組み少女の絶望が理解できた。アリカの左側に回る——外を取ろうとすれば、カーフキックで止められる。では右側に——内を取ろうとすれば、ジャブか三日月蹴り。わずかでも隙《すき》を見せれば、打撃ドリル仕込みの機械みたいなコンビネーションが待っている。得意のミドルキックは、出せば膝を破壊されるかもしれない。

相手の手札を一枚ずつ封殺していく、これが戦いで、これがアリカの強さだった。

ゴングが鳴った。二人はグローブタッチして金網の際《きわ》に移った。扉が開き、椅子とバケツを手にしたセコンドがケージに入った。

「アリカ、このままでいいからね。倒してもいいし打撃でもいい。集中だけ切らさないで」

朴にタオルで汗を拭《ぬぐ》われながら、アリカはうなずいた。視線は柊兎に向いていた。

「どう？　楽しい？」

問われたアリカは、はっとしたような表情を朴に向け、かすかに笑った。朴も笑みを返した。

「よし！　めいっぱい楽しんどいで！」

背中を叩《たた》かれて、アリカは立ち上がった。

第二ラウンドのゴングが鳴る。柊兎は右手を高く掲げ、グローブタッチをうかがわせながらゆっくり接近――と見せかけて、急加速からの飛び膝蹴りを放った。

「ああ……！　ずっる！」

思わずミアは両の拳《こぶし》を握って叫んだ。柊兎の挨拶《あいさつ》に応じようとしたアリカを狙う、完全な奇襲だ。

みぞおちに膝が突き刺さり、アリカは後退する。追う柊兎が、左ミドルを蹴った。

アリカは飛んできた蹴り足の膝裏を抱え、柊兎の左肩を押した。

「ニータップ！」

ミアと後方腕組み少女が同時に叫んだ。それからちょっと顔を見合わせた。

「うますぎるよ今の！」

「完璧ですよね！」

酩酊《めいてい》的な興奮が、二人の間になんだかちょっと分かり合えそうな雰囲気を生んでいた。

ケージ内では、ひっくり返った柊兎をアリカが見下ろしていた。

「ごめん、つまんないことした」

肘《ひじ》をついて上体を起こした柊兎が、頭を下げた。

「いいよ。ＫＩＤみたいだった」

「ぶはははは！　宮田戦ね！　４秒跳び膝《ひざ》ＴＫＯのやつ」

「やばい。かっこよすぎる俺」

「それそれそれそれ！　アリカちゃんいちいち古いんだよな」

アリカが差し伸べた手に掴《つか》まり、柊兎は立ち上がった。柊兎はアリカをハグして背中をぽんぽん叩《たた》いた。

場内が拍手の音で満たされ、改めてグローブタッチした二人は試合に戻った。

実力差は明白だった。繰り返しカーフキックを受けた柊兎の右ふくらはぎは真っ赤になり、殴られ続けた顔はあちこち腫《は》れていた。

「つらぁ！」

強引に距離を詰めた柊兎が、頭を下げながらオーバーハンドの右フックを振った。アリカは下を向いた柊兎の頭を両手で押さえ、闘牛の突進をいなすように、柊兎の脇へと回った。柊兎はアリカにしがみつき、二人はダンスを踊るみたいに回転しながらマットに倒れた。

「柊兎様！　上取っ、ああーサイド取られちゃった！」

互いに胸を合わせた十字の形で、うつぶせにのしかかるのがアリカ、仰向《あおむ》けでもがくのが柊兎だった。

「えっねえねえこれどっちが勝ってるんですか⁉」

「サイドポジション取られてるんだもん！　柊兎様がやばいよおー！」

ミアと後方腕組み少女はなんかもう興奮しすぎたのか、互いの体を揺さぶりあった。

「アリカ落ち着いて！　ポジション取って！」

朴が叫んだ。

アリカは柊兎の側頭部を左膝で蹴り込んだ。硬いものが激しく衝突する、強烈な音が響いた。

柊兎が、逃《のが》れようと体を横にする。アリカは柊兎の頭をまたぎ、正座のような座り方をした。

両脚で頭部を挟まれた柊兎が、まな板の上の海老《えび》みたいに背を丸めて暴れた。

アリカは柊兎の左手首を右腕で掴み、左手を、柊兎の左腋下《ひだりえきか》に突っ込む。柊兎の左手首を掴《つか》む自分の右手首をクラッチする。

「キムラ！」

後方腕組み少女が急に叫んだ。おそらく人名ではなく技名のことだろうとミアは推測した。というのも、朴が、

「そのままぁ！　折れ折れ折れ折れ折れ折れッ！」

むちゃくちゃ物騒なことを絶叫しているからだ。事実、柊兎の腕は、絶対に曲がってはいけない方向に曲がりつつある。

「しゅうさまっ」

後方腕組み少女の声はそこで途切れ、咳《せき》の発作に取って代わった。

「わー！　大丈夫ですか！」

体を曲げて咳をしながら、少女は、車椅子の下に置かれた鞄《かばん》を指さした。ミアは鞄に飛びつき、吸入薬のアルミ袋を破って少女に手渡した。少女は震える手でキャップを外し、吸入器を咥《くわ》えた。

凄《すさ》まじい歓声が、ミアの肌を叩《たた》いた。思わずケージに目をやったミアは、口を半開きにした。

腕をひん曲げられ、首を両脚でフックされた柊兎が、まっすぐ立っていた。

柊兎は腕を極められたまま、散歩みたいな足取りでケージの中央まですたすた歩いてい

った。女性の、というより、人間の力で可能な振る舞いとは思えなかった。

「あぁ」

柊兎の口から、ため息のような呻《うめ》きが漏《も》れた。直後、柊兎の体が、人形みたいにぐしゃっと倒れた。

背中をマットに強打しながら、アリカは腕の力を緩めなかった。

審判が飛びついて、アリカの背中を叩いた。アリカが技を解くのと、ゴングが鳴るのは同時だった。

「勝者ッ！　アリカ！」

ファンファーレが鳴った。立ち上がったアリカは、マウスピースをケージの外に放った。金網を揺さぶりながら叫ぶ朴を指さし、軽やかに駆けると、ケージの支柱を蹴って宙返りした。

拍手と歓呼を浴びながら両手を広げてケージを半周したアリカは、ミアの前で立ち止まると、笑みを浮かべて拳《こぶし》を突き出した。

「はぁあああ……」

ミアの口から変な声が漏れた。ファンサが行き届きすぎている。

「やばい……かっこよすぎる……」

汗できらきらするアリカの肌が、呼吸で激しく上下する肩とへこんでは膨らむ腹が、血が巡ってくっきりと盛り上がる筋肉が、美しかった。

ケージが開いて、リングドクターが柊兎に駆け寄った。体を起こした柊兎は医師の質問に苦笑を浮かべて応じた。

アリカが柊兎に駆け寄って膝《ひざ》をつき、二言三言、言葉を交わした。二人は笑い合って拳《こぶし》を打ち合わせ、ハグで健闘をたたえ合った。

その後、勝ち名乗りを受けたアリカは、マイクを持たされた。

「なにを言うの」

アリカは、氷嚢《ひょうのう》で顔を押さえる柊兎に顔を向けた。

「なんでもいいよ。なんかアリカちゃんの好きなこと」

「拷問の魔女だよ。椎骨の魔女を探している。見つけたら教えて」

会場が静まり返った。ミアはなぜか自分が恥ずかしくなってけっこう悶《もだ》えた。

「あと、試合ができて、うれしい。こういう……こういうきれいな戦いを、させてもらえるなんて思っていなかった。深井選手はすごく強くて、怖かった。戦ってくれてありがとう。楽しかった」

アリカは言葉を切って、観客に、カメラに、笑みを向けた。

「試合を観てくれて、ありがとう。楽しかった?」

素朴な、しかし、心を打つ呼びかけだった。観客は拍手と歓声をアリカに送った。アリカは一礼し、マイクを柊兎に渡した。

「すみません、負けちゃいました。アリカ選手ありえないぐらい強かったです。ごめんなさーい！」

ふかぶかと頭を下げる柊兎に、ねぎらいの言葉が飛んだ。

「もっともっと練習してたくさん追い込んで、最強になって戻ってきます！　アリカ選手と、次はベルト賭けてやりたいです！　ありがとうございましたぁ！」

柊兎はアリカの腕を取り、高く掲げた。

「いい試合だったぁ……」

喘息《ぜんそく》少女が、目に涙を浮かべてこらえきれない呟《つぶや》きを漏《も》らした。

「ごめんなさい、迷惑かけちゃって」

ミアへの謝罪は、咳《せき》にざらついた声だった。

「いえいえ、そんなことは別に。大丈夫ですか？」

「うん、なんとか。ねえ、名作になったよね」

今ではミアも、少女の言葉が理解できた。試合とは、戦う二人の手による作品だった。

◇

医者の問診や勝利者インタビューが終わると、すっかり夜だった。ミアとアリカは、朴が運転するファンカーゴの後部座席に揺られていた。

「快勝だったね。ありゃいじめだ」

「怖かったよ。朴さんの指示がなかったら、動けなかったと思う」

「そりゃどうも」

「それに、誠実だった。毒をすぐに解いたからね」

「毒使ってたんですか？」

「なんの魔女の毒か分からないけど、フィジカル強化。キムラを仕掛けたところで、ケージ中央まで歩かれた。あの力で叩《たた》きつけられたら、負けていただろうね」

ミアは得心した。人間をぶら下げているとは思えない足取りは、明らかに異常だった。

「でも使ったことは使ったわけですよね。アリカの毒が怖くなったんじゃないですか？向こうが毒出したら、こっちだって解禁になるわけですし」

「そうじゃないよ」

「えー？　根拠は？」

「そういうのは、肌を合わせれば分かるんだ」

「肌を⁉　合わせる⁉」

ミアはぶったまげた。

「セックスじゃん！」

「あーいやいや、ごめんねミアさん、これエッチな意味じゃなくてね。格闘技だとこういう言い方すんの」

「おおおああ……んのののの脳が」

朴のフォローもむなしく、ミアの脳はまたも破壊された。

「いい経験になったね、アリカ」

「うん。楽しかった」

「……表に来ない？」

アリカは返事をしなかった。

「いつでも言いな。いきなりタイトルマッチ組んでやるよ」

「バンタムにいい選手がいるなら、やる」

「ストローまで落とせればねえ」

「死ぬよ」

朴とアリカはくすくす笑った。

「めし食ってくかあ。アリカ、なに食べたい？」

「ラーメン」

「あいよ。んじゃラーメン食うかあ」

朴はハンドルを切った。

◇

ウイッチコンバット・3は、PPV販売数15万件の大成功を収めた。日本の格闘技イベント史に残る快挙だ。アリカは拷問の魔女としてよりも、いきなり現れて規格外の強さを見せた新人女性格闘家として名を上げることとなった。

世の評を知らないのか興味がないのか、今日もアリカは、淡々とトレーニングに打ち込んでいる。

「え？　なんですかそれ？」

事務所を出たミアは、人体っぽいなんらかの物体にまたがるアリカを見て思わず立ち止まった。

「グラップリングダミーだよ」

アリカは人形の首に両脚を引っ掛けた。

「これが前三角絞め」

「はへえ」

「グラップリングは、やっただけ上手になるから楽しいんだ。これが三角十字だよ」

アリカはダミー人形の腕をひん曲げた。

「次も、負けられないから」

いきいきとした表情に、すこしだけ胸が痛んだ。でも、それ以上のうれしさがあった。

ケージの中で歓声を浴びるアリカは、きれいだった。

「次はベルト賭かってますもんね」

「どこか行くの」

アリカが訊《たず》ねた。ミアの、よそ行きの格好に目を留めたようだった。

「ああそうそう、お見舞いですよ。咲良《さくら》ちゃんの」

後方腕組み車椅子少女こと咲良がＳＮＳに病室の写真を上げていたため連絡を取ってみると、あの試合直後から入院していたのだという。

「なんか咲良ちゃん、筋肉がどんどん弱くなっちゃうらしくて。それで体のあちこちが悪くなりやすいみたいです」

「大変だね」

アリカはグラップリングダミーに腕十字を仕掛けた。

「ね。本人はまた格闘技やりたいって言ってるんですけど。あ、深井柊兎のジムにいたらしいんですよ」

ダミーの腕を変な方向に曲げたまま、アリカは眉をひそめた。

「ミア、調べて」

「また急だ。何をですか」

「深井柊兎のことを」

闇色の視線がミアを刺した。体がいっぺんに冷えて、目がちかちかした。飲み込みそこねた空気が泡になって喉《のど》を落ちていった。

「えっだっ、ええ？　なんなんですか？　そんななんか、今の話ちょっとでも糸口になりました？　だって、試合が……」

アリカは人のかたちをした塊にまたがり、的が描かれた顔面めがけて拳《こぶし》を叩《たた》きつけた。ミアの問いには応じず、ただ執拗《しつよう》に、殴り続けた。アリカの体がまとう怒りに、どろどろと溢《あふ》れ出して空気を満たす憎悪《ぞうお》に、ミアはすくんだ。

「分かりました、やってみます」

「ありがとう、ミア」

◇

小学校でレスリングを始め、アマチュアMMAで好成績を収めた橘咲良《たちばなさくら》が原発性の筋委《きんい》縮《しゅく》を患《わずら》ったのは、深井柊兎のパーソナルトレーニングを受けはじめてすぐのことだった。

深井柊兎の実質的な引退試合では、観客の一部が一斉に体調不良を訴えた。

リング禍で選手生命を絶たれた者、日和見《ひよりみ》感染症で命を落とした者、咲良のように原因も分からず弱っていく者……柊兎には不吉な噂《うわさ》が絶えない。

「ってまとめサイトに書いてありますけどね。アンチのたわごとでしょ。訴えられりゃいいんだこんなの」

ノートPCを睨《にら》みながら、ミアは早口でそうまとめた。ベッドの上であぐらをかいたアリカは、黙って最後まで聞いていた。

「令和のエリザベート・バートリーって、センスなさすぎますよね呼び名が。だってそんな毒あります？」

「あるよ」

身もふたもない、率直な回答だった。ミアは言葉に詰まった。

「深井柊兎は、牙《きば》の魔女かもしれない」

牙の魔女、その毒は吸血。好意的な他者の生命を吸い上げ、自分の力とする。

「好意的な？」

「好かれている限りは対象に取れる。相手が近くにいれば」

たしかに、状況と毒は符号する。

「……殺すんですか」

画面に目を向けたまま、ミアは問いかけた。振り返ることができなかった。アリカの目を見るのが怖かった。

「分からない」

ほっとすればいいのか嫉妬すればいいのか分からなくて、ミアは口ごもった。

「殺す前に確認しろって、ミアに言われたから」

どうしてアリカはいつもいつも、こうも的確に情動を乱高下させるのか。ミアは歯を食いしばって呻《うめ》いた。

「確かめて、はっきりしたら殺すよ」

「でも」

考えることの全部がぐちゃぐちゃに渦巻いたまま、ミアは口を開いた。

「でも、とっ、友達に、なれるかも」

「どうして？」

「だ、だって、試合して、おしゃべりが楽しくて、ベルト、ベルト賭けて、また戦うってアリカも」

アリカが立ち上がる気配があった。ミアは身を守るように喋《しゃべ》り続けた。

「それに本当は車の中で、あっちの毒に気づいていたんじゃないですか？　分からないって、今まですぐ見抜いてたのにそんなピンポイントで分かんない、こ、と」

椅子の背もたれを掴《つか》まれてぐるっと回され、ミアはアリカと正対した。うなだれるミアの顎《あご》にひとさし指が添えられて、そっと押し上げられた。アリカは銀縁の丸眼鏡を外し、ベッドに向かって放り投げた。

「め、あの、眼鏡……」

「平気だよ。だて眼鏡だから」

アリカはミアの額に自分の額を押し付けた。

「まっちょっなに、なんですか」

鼻の先が熱い。すずらんの匂いが、濃い。

「あたしたちに、友達はいないよ」

闇色の瞳に映る赤橙《せきとう》の瞳をミアは見る。

「誰もあたしたちを、許してはくれないから」

闇色の瞳に映る赤橙の瞳がみるみるうちに濡《ぬ》れていくのをミアは見る。

「だから、ミア。あたしたちは、二人だけでいい」

痺《しび》れるように引きつった自分の唇が何かを受け入れるように開いていくのをミアは見る。

「殺すときと、殺されるときは、二人だけでいい」

ミアは、泣きながら笑っている自分を見る。

「いっしょに殺そう、ミア」

歓喜と恐怖は等量だった。

「はい、アリカ」

陶酔に満たされて、ミアはただ肯《うべな》う。

◇

それは、突然現れた。

スマホを手に車に乗って、バックミラーを見ると、アリカが後部座席に座っていた。

柊兎の手から、スマホが滑り落ちた。

「え？　え？　アリカちゃん？　なんで、え？　あ、や、いま、電話しようって……」

「出して」

アリカは端的に命じた。柊兎は拾ったスマホを助手席のバッグに突っ込んで、アクセルをゆっくりと踏み込んだ。

「Ｗｉ‐Ｆｉはある？」

柊兎は笑った。

「図々しいとこあるよねアリカちゃん」

アリカはｉＰｈｏｎｅ６ｓをＷｉ‐Ｆｉに繋《つな》いで、ディスプレイに目を落とした。

「今日は拷問の魔女として来たの?」

アリカは答えなかった。柊兎はしばらく無言で車を走らせた。モデルXは音を立てず滑らかに加速し、車内の沈黙が鋭く際立った。

柊兎はタッチパネルを操作して、八王子Pの『Sweet Devil』を流した。

「これアリカちゃんなら分かるよね。菊野と自演乙がやったときの煽《あお》りVで使われてた曲」

アリカは顔を上げもしなかった。柊兎は乾いた声で笑った。

「ねえ、アリカちゃんはどうして格闘技なんて始めたの?」

「……魔女を殺すため」

「それ嘘《うそ》だよね。だってもっと良いやり方いくらでもあるもん。まあいいや。深井はね、なめられたくなかったから。男だろうと女だろうと、何されようと何言われようと、こいつをいつでもぶちのめせるなって思いたかった。誰よりも強くなりたかった」

アリカはかたくなに顔を上げず、柊兎は一方的に話を続けた。

「いいことばっかりじゃなかったよ。安いキャバクラぐらいにしか思ってないスポンサーもいたし、もっとろくでもない人もいた。有名になるほどアンチも湧いたし、今じゃネットで化け物扱いだしね」

柊兎はオートパイロットを立ち上げると、ハンドルに指先をかけてシートに深くもたれた。

「でもね、試合は最高だった。リングの上って、ケージの中って、あんなにフェアな場所は他にないもん。顔も身長も性格も資産もどうでもいい。強いか弱いか、勝つか負けるか。それだけ」

「そう、だね」

「やっと喋《しゃべ》ってくれた」

柊兎はバックミラー越しに柔和《にゅうわ》な表情を向けた。

「何があっても、格闘技だけはやめられない。ケージの中で、誰よりも強くありたかった」

「それが理由？」

柊兎はフロントガラス越しに流れ去っていく等間隔のライトを見上げた。涙が、街灯を照り返した。

「若くて強い子が出てくるたびに、怖くなるんだよ。深井より才能があったらどうしよう、深井より強くなったらどうしよう、わたしが最強じゃなくなっちゃったらどうしよう。もう、わたし、陽の当たる場所では戦えないのに」

力の奔流《ほんりゅう》がアリカの肉体をシートごとばらばらに切り刻んだ。

「こんな力、なんの意味もないのにね」

爪の魔女、その毒は断裂。設定された空間に不可視の刃《やいば》を浴びせる。

「一度はじめたら、もう、やめられなくなっちゃった。アリカちゃん、わたし、どうしたらよかったんだろうね？」

「あたしは神父じゃないよ」

ずたずたになったはずのアリカが、口を開いた。驚愕《きょうがく》する間もなく、車体に凄《すさ》まじい衝撃が走って柊兎の意識は明滅した。

全身の痛みと焦げ臭さを感じる。灰色の煙が車内に充満している。車体の左半分が、巨大な槌《つち》で横殴りにでもされたようにひしゃげている。柊兎は歪《ゆが》んだドアを蹴り開けて、車の外に這《は》い出した。

背後で爆発音がして、吹き付ける熱い風が柊兎の銀髪をなびかせた。ショートしたバッテリーが発火し、車が炎上したのだ。

「こ、こは」

目の前に広がっているのはコンクリート護岸と、どす黒い海を照らす再建されたベイブリッジだった。記憶が飛んでいる。アリカを殺したはずだった。

「よかった。生きているね」

這いつくばる柊兎の前に、アリカが立った。

「うまくいった。ミアのおかげだ」

髄鞘《ずいしょう》の毒による高速移動は、攻撃に使った際、対象が影も形も残らず粉々になってしまう欠点をはらんでいた。ミアに加速が終わるまでの時間を訊《たず》ねられたとき、はじめて加速度の存在を知ったアリカは考えた。この力で、魔女を殺さず無力化するためには、どうすれば良いだろうか?

結論は、最大遷移時間である一秒、その全てを使っての加速。移動距離は200メートル前後、加速度は40G弱となる。人体実験の結果は上々と言えた。瀕死《ひんし》に追いやるのにちょうどいい破壊力だ。

肘《ひじ》をついて起き上がろうとした柊兎は吐血し、自分が作った血だまりに突っ伏した。

「痛い……なあ……」

柊兎が息を漏《も》らすと、炎を浴びて煌《きら》めく黒い血に波紋が走った。

「拷問、して、殺す、の?」

血の界面に映ったアリカがうなずいて、柊兎は微笑《ほほえ》んだ。

「そっか。全部、ばれちゃうね。わたしの、やってたこと」

「どうして?」

笑みをかたちづくっていた唇が、亀裂のように歪《ゆが》んだ。

「だって、拷問、撮影、するんじゃないの?」

「あたしは、神父じゃ、ない」

アリカの言葉が、柊兎の短期記憶を蘇《よみがえ》らせた。告解に対して、アリカは無慈悲に顔を背《そむ》けたのだ。

「ねえ、待って、いや、それだけは」

柊兎に背を向けて、アリカは歩き出した。

「撮ってないよ。オマエの罪は誰も知らない」

「お願い、アリカちゃん、ねえ、お願いだから」

血まみれの手を伸ばした先のアリカが遠ざかっていく。

「オマエは、いいやつのまま死ね」

「あぁぁぁあぁぁああ……」

柊兎は爪の毒を起動した。二百余りの断片に切り刻まれたアリカの肉体が、一瞬にして復元した。ほんのわずか足を留めることすらできない。

嫌だ、死んだ後に始まる拷問だなんて、嫌だ。殺されるのならば、裁かれたい。悼《いた》まれたくない。身勝手な苦しみを抱えたままで終わりたくない。いいやつのまま死にたくない。

「待ってぇ……」

柊兎がすがったのは、その身に最初に宿した、牙《きば》の毒だった。

ベルトが賭かった防衛戦だった。絶対に負けたくなかった。良いかたちで勝利できれば、また海外メジャーと契約できるかもしれなかった。自分の弱さに、負けた。柊兎は牙《きば》の毒を起動して対戦相手のカーフキックをカットした。強化された身体は、蹴った相手の脚を完全に破壊した。腓骨《ひこつ》と靭帯《じんたい》がまとめて砕け散る音は、残響となって今でも耳の奥で唸《うな》っている。応援してくれるたくさんの人を、毒で苦しめた。亡くなった人もいると、後で知った。格闘家としての、人間としての深井柊兎は、終わった。残っているのは深井柊兎のかたちをしたひとりの獰悪《どうあく》な魔女だった。

この場において、これほど無意味な毒もなかった。アリカは柊兎に牙の毒を使わせないため闇討ちしたのだろう。

アリカが、つまずいたように片膝《かたひざ》をついた。柊兎は、身中《しんちゅう》に漲《みなぎ》っていく熱感のような力を、ほとんど唖然《あぜん》としながら感得した。

牙の魔女、その毒は吸血。好意的な他者の生命を吸い上げ、自分の力とする。

「アリカちゃん……」

立ち上がりながら、未《いま》だ柊兎は我を忘れていた。牙の毒が、アリカに通じている。

ゆっくり振り返ったアリカが、闇色の視線で柊兎を刺した。膚《はだ》が危機感に痺《しび》れ、咄嗟《とっさ》にバックステップした柊兎の眼前《がんぜん》を右フックが通過した。

「待って！　アリカちゃん！」

「オマエはもう喋《しゃべ》るな」

アリカのジャブを右手でパーリングしてサイドステップ、ありえない角度から飛んできた左フックが柊兎の鼻を一撃で叩《たた》き潰《つぶ》す。

「シッ！」

鼻血を噴きながら、柊兎はカウンターの左ミドルを放った。アリカは毒を起動し、瞬時に数メートル飛び離れた。

オープンフィンガーグローブの奥に、異常な硬さを感じた。アンコ——綿を詰める部分に、鉄板か何かを仕込んでいるのだろうと柊兎は推測した。大きく外れてはいない。アンコに詰まっているのは、アリカの拳《こぶし》に合わせてミアが切削した銅タングステン合金の丸棒だった。

「わたしの言ってること、本当は分かってくれてるんでしょ？　こんなに研《と》いで、こんなに削って……なんの意味もなかったんだよ⁉　お願い、ねえ、殺されるのはいいの、だから！」

アリカの姿が消えた。柊兎はその場で左ストレートを放ち、裸拳《らけん》の殴打がアリカの右眼を捉えた。柊兎の体は機械的にコンビネーションを選択した。後退するアリカに対して左ボディストレートを振りながら追う。左ローキックはすかされて、柊兎は五メートル先にアリカを見た。

「何度も言わせないで。オマエはいいやつのまま死ね」

「……そう。分かった」

柊兎は構えを解き、両手を体の脇に垂らして体をアリカの正面に向けた。

「やろっか、魔女バトル」

音もなく、黒い炎が宙で燃え上がった。炎は蛇のように身をくねらせながら宙を走り、アリカを追った。

屍蝋《しろう》の魔女、その毒は発火。生じた超自然の炎は対象を追い、芯まで焼き焦がす。

アリカは問答無用で突っ込んできた。炎に触れて一瞬で真っ黒い火柱となり、直後、柊兎の前方に再出現した。間髪入れず、柊兎は爪の毒を見舞った。アリカの姿が消えて、柊兎は左アッパーを顎《あご》に叩《たた》き込まれている自分を発見した。

「んっぐううっ！」

脳を貫くような激痛の芯には覚えがあった。下顎骨《かがくこつ》を叩き割られたのだ。

毒を起動――アリカの両腕が走って、頸椎《けいつい》を両掌《りょうて》で把持《はじ》された。首相撲の格好で、アリカの膝《ひざ》が柊兎のみぞおちに突き刺さる。

触れられることの危険性は承知していた。また瞬間移動に巻き込まれれば、牙《きば》の毒で強化された身体とはいえ耐えられないかもしれない。状況を打開するためには、なにか、毒を――

首投げに投げられて、柊兎の体はコンクリートに叩きつけられた。続く側頭部への踏みつけが、柊兎の視界を点滅させた。柊兎は地面を転がって、追撃を避けるため右手を前に突き出しながら立ち上がった。毒を――ジャブ、ボディジャブ、右ストレート、右ミドル。牙の毒――右ハイキックが、柊兎のこめかみに激突する。

意識を取り戻した柊兎は、アリカの左脚にすがりついていた。考えるまでもなく肉体は動いた。

膝裏で両手をクラッチし、こめかみで股関節を押さえ付け、体を半回転させてアリカを引き倒す。仰向《あおむ》けになったアリカの体を、横から押さえ込む。

サイドポジションを取った柊兎は、アリカの顔面を膝で蹴り込んだ。膝頭に、硬いものと柔らかいものがまとめて潰《つぶ》れる感触が伝わった。頭蓋骨《ずがいこつ》が潰れる感触だった。

アリカは柊兎の顔を腕で押し上げながら地面を蹴ってサイドポジションから抜け出すと、柊兎の顔に蹴り上げを食らわせた。レザースニーカーのソールが割れた下顎骨を捉え、柊兎は悲鳴を上げて後退した。

立ち上がったアリカは、汗で貼りついた前髪をかき上げ、息を切らして笑った。

「オマエ、ＭＭＡだけやっていた方が強いよ」

柊兎も笑った。

「そうみたいだね。慣れてないことするもんじゃないなーまったく」

いくつもの被弾は、毒の選択に判断力を割いた結果だ。柊兎を救ったのは、シングルレッグタックルからのテイクダウンとポジション取り——何万回も反復練習を繰り返した、格闘技の動きだった。

「ごめんね、アリカちゃん」

アリカがふらつき、柊兎を睨《にら》んで舌打ちした。牙《きば》の毒がアリカを襲ったのだ。毒は被撃の傷を癒し、更なる力を柊兎に与える。アリカもまた、繰り返し生命力を奪われながら、髄鞘《ずいしょう》の毒で打ち消して戦いを続けている。だが両者には、決定的な差が生じつつあった。

「分かってきたよ。アリカちゃんの殺し方」

柊兎は構え直した。右手右足を前に出した、身に馴染《なじ》むサウスポースタイルだった。ステップしたアリカの姿が消える。同時に、柊兎は左ミドルキックを放つ。再出現したアリカの脇腹に、柊兎の脛《すね》が突き刺さる。右ジャブ、顔面への左前蹴りが立て続けにアリカを打ち抜く。

瞬時に数メートル後退したアリカが、柊兎の周りをゆっくりと回った。柊兎はアリカを追わず、後ろにした左足を軸にアリカと正対し続ける。コンパスの針と鉛筆のように、二人は円を描いた。

アリカが消えて柊兎が左ストレートを放ち、拳《こぶし》一個分先に再出現したアリカの左サイドキックが柊兎のみぞおちを射抜く。柊兎は蹴り足を引いたアリカめがけて右フックを、次いで左フックを前進しながら放つ。打撃をくぐったアリカのタックルに、右膝《みぎひざ》を合わせる。こめかみを打たれたアリカがその場に倒れる。追撃はせず、柊兎はバックステップする。

「グラウンドには付き合ってくれないんだね」

仰向《あおむ》けになったアリカが、挑発するように両脚を上げた。

「打撃系でごめんね、アリカちゃん」

アリカの攻略プランを、柊兎は立て終えていた。

第一に、瞬間移動。東西方向のみ起動可能であることは、繰り返し動きを見たことで理解できた。加速度による攻撃を避けるため接触は最小限に抑え、打撃で勝負する。

第二に再生能力だが、なんらかの制限があることは明らかだった。アリカは汗をかき、息を切らしている。つまり、疲労するということだ。打撃の精度が鈍《にぶ》ってきているのも、肌で感じている。再生可能範囲は前後数秒であると柊兎はあたりを付け、これはほとんど正鵠《せいこく》を射ていた。髄鞘の毒が踏み倒せるのは一秒以内に受けた傷だけだ。一方でこちらは隙《すき》を見て牙の毒を起動し、何度でも回復できる。

柊兎のプランとは、すなわち長期戦だった。アリカが疲労し動けなくなったところで、遠距離から無数の毒を叩《たた》き込み再生能力を上回る。

対策を練り、戦闘中にプランを修正していく。こちらの強みを押し付け、相手の光を消す。試合と同じだ。血肉となるまで付き合った格闘技だけが、柊兎の力となり支えとなる。

立ち上がったアリカは、大きく開けた口で呼吸していた。プラン通りだ。柊兎はアリカの打撃を、タックルを捌《さば》く。自分から攻める必要は、もはやなかった。牙《きば》の毒を打たせたくないアリカは、隙《すき》を与えまいと絶え間なく攻撃してくる。柊兎はそこにカウンターを合わせればいい。

アリカの左カーフキックは精彩を欠いていた。柊兎は足を開いてカットした。骨と骨が激しくぶつかり合って、アリカの腓骨《ひこつ》が靭帯《じんたい》を巻き込んで砕けた。破砕の衝撃音が、柊兎の体の中で反響した。

柊兎は、自分に負けた日のことを思い出した。あのときもこの音が体の内側で鳴り響いた。人生が正しい方向から永久に逸《そ》れてしまったことを告げる音だった。脚を抱えて転げ回る対戦相手を見下ろして、柊兎はあの瞬間からずっと、残響と空虚の中にいた。

もう、いい。

自分勝手に振る舞って、罪悪感とたわむれて、中途半端に格闘技にすがりついた。時間の無駄だった。そろそろ前に進むときだ。どれだけ間違った道だとしても、もう、いい。

あの試合で、カーフをカットしてから出すつもりだった一撃を柊兎は放つ。自分がもっとも信頼している武器、左ミドルキックを。

前鋸筋《ぜんきょきん》が挫滅《ざめつ》して肋骨《ろっこつ》がへし折れて脾臓《ひぞう》が破裂して柊兎は止まらず蹴り足を押し込む。牙の毒が与えてくれた力を限界まで絞り出す。深く沈んだ脛《すね》がいくつかの臓器を押し潰《つぶ》しながら脊椎《せきつい》に接触する。

アリカはふらつきながら後退し、上体を折った。折れた骨は接《つ》がれ、破裂した内臓は修復されたようだが、体力が底を尽きていた。

「わたしの勝ちだね、アリカちゃん」

犬のように激しく呼吸しながら、アリカは顔を上げた。

「あたしの負け。オマエ、やっぱり強かったよ」

「でしょー？」

アリカの周囲に、いくつもの黒い炎が生じた。

「さよなら、アリカちゃん。友達になりたかった」

屍蝋《しろう》の毒が、アリカに食らいついた。続けて放った爪の毒が、噴き上がった火柱を千々に刻んだ。

衝撃に打たれて、柊兎の体が真後ろに吹っ飛んだ。

人の脚が血を曳《ひ》きながらどこか遠くへ飛んでいくのを見て、地面に体を打ち付けて、柊兎は、左足が付け根から失《う》せていることに気づいた。

ばらばらになった炎が風で押し流されて、闇の中にアリカがいた。

「えっあ、え？　なに、え？」

「うまくいったね。ミアのおかげだ」

柊兎はあえいだ。ぐちゃぐちゃの傷口から、命が垂れ流されている。思考が急速に散逸《さんいつ》していき、視界が急激に白濁《はくだく》していった。

「なに、を……した、の？」

問いには応えず、アリカは柊兎を闇色の瞳で見つめた。死んでいく姿を目に焼き付けようとでもするみたいに。

毒に燃やされ、刻まれながら、アリカはオープンフィンガーグローブに仕込んだタングステン片を取り出した。ごくごく短時間の時間遷移と同時に、金属片を手放した。自転速度の初速を与えられた百グラム超の物体は、数千ジュールの運動エネルギーを柊兎の肉体に与えて破壊した。

人体は大きめの石をそれなりの速さでぶつけるだけで壊れる。それ以上の殺傷能力は──見えない刃《やいば》も黒い炎も──事実上無意味だ。

「自転弾《じてんだん》ってミアは言っていたよ。いい名前だね」

柊兎はもう聞いていなかったから、これはアリカの独り言だった。

アリカは死体に背を向け、音もなく消えた。

◇

深井柊兎の変死は、年末に浮かれた雰囲気の世間をおおいに騒がせた。事件を拷問の魔女と結びつける論調は、おおむねゴシップや陰謀論と大差のない扱いを受けていた。アンチの手にかかった、という説はそれなりに支配的な論調で、活躍する女性へのヘイトクライムだとする声も大きかった。

いずれにせよ、深井柊兎はいいやつのまま死んだ。殺人事件の被害者となったことで、同情の声がアンチのたわごとをかき消した。拷問の魔女が望んだ通り、彼女の拷問は死んだ後に始まった。

世間の声を知らないのか興味がないのか、今日もアリカは、淡々とトレーニングに打ち込んでいる。

ダミー人形を相手に関節技の練習をするアリカの姿が、ミアには、物悲しく映った。ライトに照らされたケージの中できれいな戦いをすることは、もう二度とないだろう。

広くて清潔なジムで、練習仲間と切磋琢磨する道もあったはずだ。柊兎にも、そうした選択肢があったように。

「どうしたの、ミア」

ミアの視線に気づいたアリカは、パウンドの手を止めた。

「いえ、その……」

何を言えるわけでもなかった。二人は違う痛みを抱えて同じ道を歩いているのだから。

「どうでもいいって、ほら、アリカ言ってたじゃないですか。深井柊兎が毒をいっぱい持ってるってわたしが言ったとき」

あれこれ話題を探したあげく、ミアは深井柊兎の名前を出してしまった。

「そうだね」

アリカの反応はそっけなかった。どうあれ、口にしたからには話を続けるしかなかった。

「あれ、分かった気がします。毒があってもとっさに出せないと隙《すき》にしかならないんですね」

「使えもしない手札を増やしても、意味はないからね」

アリカは立ち上がって、鋭いジャブを放った。

「まっすぐ打って、まっすぐ戻す。これだけのことを、何万回練習しても、実戦では間違える。斜めに打ったり、いいかげんに戻したり」

アリカは、半弧の軌跡で拳《こぶし》を畳んでみせた。

「人魚が泡になって、たった三年四か月だからね。それだけの期間で、指や舌と同じぐらい毒をうまく操れるようにはなれない」

「そんな魔女がいるとしたら、ぶっ壊れですよね」

「壊れているだろうね。心が」

ゲーム用語のつもりで口にした言葉を、アリカはやけに真剣な表情で受け止めた。

「自分そのものがばらばらに壊れて、毒といっしょに繋《つな》ぎなおすような経験をした魔女なら、持って生まれたみたいにたくさんの毒を使えるかもしれない」

「そんな魔女います？」

「まだ見たことはないな」

「まあとにかく、戦い方一つってことですね魔女バトル」

ミアの感想を聞いたアリカはうれしそうにした。

「いろいろあるよ。いきなり現れて驚かす。恐怖で視野を狭くする。泥仕合に持ち込んで疲労で判断力を削る。毒をちらつかせて注意力を奪う」

「ぜんぜんやり合わない。ぜんぜん毒をぶつけ合わない」

指折り数える卑劣《ひれつ》な戦法に、ミアはけっこう呆《あき》れはてた。

「本当に重要なのは、敵に強い手札を切らせない環境構築ってわけですね。毒をたくさん持っている魔女はむしろ戦いやすいわけだ」

「打撃ドリルをしてよかった」

「うん？　え？　あ！　はぁ……」

真意を掴《つか》みづらい発言に直面したミアは、考え、閃《ひらめ》き、嘆息した。

「もしかして、それを伝えたくて朴さんのところに行ったんですか」

「分かってもらえてうれしかった」

たしかにミアは、反復練習こそが要諦《ようてい》であるという、アリカの伝えたい点にしっかり辿《たど》り着いてはいた。だが、魔女バトルにまで敷衍《ふえん》しろというのはへたくそすぎる。

「あたしも、いろんな毒を持っているよ。使っていないし、いくつかは失活しているけど」

「え？　なになになになに？」

だしぬけにいろんな情報を流し込まれてミアは混乱した。

「ミア、あっちを見て」

「はい？　はい。うわあ！」

言われるままよそを向いたミアの眼前《がんぜん》を、右手がとことこ横切った。

「え！　なに！」

「吐息の魔女の毒。切り離された身体の一部を、しばらく操れる」

「怖い怖い怖い怖い！」

蜘蛛《くも》みたいな動きで接近する右手から、ミアは悲鳴を上げて逃げ回った。右手はしばらくジョイントマットの上を這《は》い回ってから、アリカの足元で動きを止めた。

「まじでやめろ」

ミアはぶちきれた。

「ごめん。でも、吐息の毒があったから尾行に気づけたよ」

「あ？　え？　あれ、もしかしてあのイヤリング？」

小机小鞠の家を訪ねる際、アリカからもらったものだ。鍵付きの引き出しにしまって、アリカがいないときそっと取り出してはうっとり眺めている。

「レジンに角膜を入れて固めたからね。ミアの毒を真似《まね》してみたんだ」

「いぃいいいいいいい！」

ミアは絶叫してのけぞった。感情の内訳は、角膜を剥《は》がす痛みを想像したのが三割、人体の一部を身に着ける頭のいかれたやつにされた恨みが七割だった。

「おかしくなっちまいそうだ……」

Ｗｉ－Ｆｉがなければ連絡も取れないアリカが、どうしてミアの動向を逐一《ちくいち》把握し、何度もメッセージを送ってきたのか、変だとは思っていた。だがやり方が百パーセント議論の余地なく徹頭徹尾どうかしている。合理的な判断が、なぜ並外れて非合理な行動に繋《つな》がってしまうのだろうか。

「まともに使える毒は、髄鞘《ずいしょう》と吐息の二つだね。戦うときは、髄鞘の毒だけ。それが一番あたしに合っているんだ」

「はあぁ、なるほどねえ。じゃあ残りの毒は、なんかその、失活？　したわけですか。なにそれ」

「毒は、ありえた被災の記憶だからね。忘れられるほどの時間が経《た》てば、消える。カトリーナのことを、ミアは覚えてる？」

ミアはタブレットでカトリーナについて検索した。人名に並んで、大昔のハリケーンに関するページを見つけた。

「いやこれ、覚えてるっていうかわたし生まれてないですよ。ありえた被災？」

「毒を浴びたとき、なにか見えなかった？」

記憶をたぐってみたが、魔女になった日のことはうろ覚えだった。人魚災害から一週間、まだ避難所にいて、母や友人の死に深く傷ついていた。

「ごめん、ミア」

「ああ、いえいえ、いいんです。いややっぱよくないな。ちょっと撫《な》でてみてください」

アリカは素直にミアを撫でた。ミアは気持ち悪い笑みをぐっとこらえた。

「本当は起きたかもしれない地震、疫病《えきびょう》、原発事故、無差別殺人。そういうものが、毒になる。人魚は災害を肩代わりしているんだよ」

ミアは小首をかしげた。まったく意味が分からない。しかし、そもそも人魚だの魔女だの魔女狩りだのが意味不明なのだ。

「なんかいまいちぴんと来ませんけど、そういうものだと思うしかないんでしょうね」

「あたしもよく分かってはいないから」

「それにしても」

詳しいですねと言いかけて、ミアは続きを飲み込んだ。

アリカは過去を語りたがらない。ミアも、あえて追及するつもりはない。いずれ話してくれる日が来るかもしれない。アリカがミアに、過去を差し出してもいいと思ってくれたならば。

「あたしは、ただの魔女狩りだよ」

沈黙で覆ったミアの本心を、闇色の視線はやすやすと突き通した。

言葉通りの意味ではないだろう。魔女狩りは今、さし子と名前を変えて元気にインフルエンサーをやっている。

もしかしたら、アリカは日災対――日本災害対策基盤研究機構の関係者なのかもしれない。解体され、一部機能が復興庁に移管された日災対は、かつて魔女と魔女狩りを掣肘《せいちゅう》する唯一の機関だった。だとすれば、魔女に対する苛烈《かれつ》な敵対心は、組織への忠誠から来るものなのだろうか。

そうとは思えなかった。ミアが恋したアリカの怒りは、心の根源から生じる灼熱《しゃくねつ》した感情だった。

「毒は、いつか消える。だから……」

アリカはその先を続けず、ばつの悪そうな顔で目を伏せた。彼女が口ごもるところを見るのは初めてだった。

ミアには、想像がついた。

だから、ミアも、人に戻れる。

言いかけて、気づいたのだろう。自身がミアを地獄に続く道へと引き込んだことに。

「だから、友達はいらない？」

ミアはあえて、見当外れの問いをアリカに投げた。

「そう……だね。うん。あたしには、相棒だけでいい」

望み通りの答えを引き出そうとする、卑怯《ひきょう》な質問なのは自分でも分かっていた。それでもミアは伝えたかった。

「わたしは、ここにいますよ」

ミアはアリカに寄り添い、大きな体に腕を回した。

アリカは戸惑ったように持ち上げたてのひらを、ミアの頭に載せた。

「ミアがここにいてよかった」

二人はくっついたままで、すこしのあいだ、体温を分け合った。

12　うたかたの日々

　年末年始を祖母の家で過ごしたミアが工場に戻ると、アリカの姿は無かった。当然のように連絡はつかないし、朴のところにも姿を見せていないという。

『あーよくあるよくある。お年玉用意して待ってるから、ミアさんもおいでね』

　連絡を取ってみたところ、朴がこんな感じであっさりしていたのでミアは安心した。呑気《のんき》に過ごしていたのも、松の内が明けるまでだった。魔女を探してあちこちほっつき歩いているのかもしれないが、それにしても連絡がなさすぎる。

　猫だ。ある日突然、ふいと姿を消してそれっきり。ミアは不吉な連想をした。保護猫になったのならばそれでいいが、どこかで平べったい轢死体《れきしたい》と化している可能性もある。

　想像したら居ても立ってもいられなくなり、ミアは事務所の中をぐるぐる歩き回った。

「うーむむ！　いや、しかしこれは、なんか倫理があれだよなあ」

　アリカの居場所はすぐに分かる。虹彩《こうさい》の毒はアリカをタグ付けしており、起動するだけでいい。しかし、断りもなく個人の生活を覗《のぞ》き見するのは人の道に外れる。

　悪辣《あつらく》な魔女を拷問するために使うのと、アリカを見つけるために使うのと、どちらが人倫にもとるだろうか。ミアが出した結論は、どちらも変わらず外道《げどう》の振る舞いである、というものだった。

　というわけでミアは心置きなく毒を起動し、完膚《かんぷ》なきまでに絶句した。

　虹彩の毒が映し出したのは、薄暗く狭い部屋だった。壊れかけたベッドのひしゃげたマットレスに、アリカは横たわっている。部屋の隅には、見慣れたナイロンのスクールバッグ。アリカのものだ。

　問題は、アリカの両手が手錠によってベッドのパイプと繋《つな》がれていることだった。

「新年早々なんで拘束されてるんですか……」

　意外とは思っていない自分に、ミアはちょっとびっくりした。いかれた魔女を殺して回るいかれた魔女狩りなのだ。買った恨みは数知れないだろう。

　ともかく、めでたい年明けとはいかなそうだった。

◇

　アリカが年末年始をどう過ごしていたのかと言えば、魔女を探してほっつき歩いていた。それ以外にやるべきことはないのだから当然だ。

　魔女が起こしたとおぼしき事件を知り、現地におもむき、そこらじゅうをあてもなくうろつく。通常のルーティーンだ。

その日がいつもとすこし違ったのは、尾行されているということだった。

仮設商店街の同じ道を三回通って、後をつけてくるのが一人であることを確認したアリカは、適当な喫茶店に入った。奥のテーブル席について i Ｐｈｏｎｅを手に取り、Ｗｉ－Ｆｉが不通であることにため息をついてポケットに戻したところで、声をかけられた。

「まいど。相席いいですか」

背の低い、冷たい目をした女だった。かっちりしたダスターコートを脱ぐと、ワイシャツもベストもナロータイも、きっぱりとタックが入ったスラックスも、全てボディラインに沿うようぴったりしていた。

アリカは向かいの席に置いていたスクールバッグを除《ど》けた。女はビジネスバッグを荷物入れに置き、ぴょんと飛び乗るように椅子に座った。

「拷問の魔女さんですね」

「殺されに来たの？」

女は柔和《にゅうわ》に笑った。

「いちびらんといてくださいよ、泥雨有果さん。あ、アイスコーヒーください」

「だれ？」

「まあま あ」

端的で攻撃的な誰何《すいか》をいなして、女はテーブルに身を乗り出した。きつく縛ったツインテールの、緑がかった一束が机上に落ちて渦を巻いた。

「ゆっくり話しましょ。時間あるでしょう?」

「あるよ。でも余計な話はしない。死にたいの、死にたくないの」

「ボクは盥環《たらいたまき》います。あんじょうよろしく頼みます」

「それで、死にたいの?」

「ありがとうございます——つめたっ」

アイスコーヒーを運んできたウェイターに頭を下げて、一口啜《すす》って、環は身を震わせた。

「つめったっ。やっちまいました」

愛想よく笑いかけるが、青緑色の目は冷たいままだ。アリカは警戒を解かず、環を見据えた。

「この時期に冷たいもんはよくないですね。おかんにも女の子はおなか冷やすなって言われてました」

奇妙なことが起きていた。環の握るグラスが、いやに汗をかいている。

あっという間に溶け出した氷が、からからと音を立ててグラスの底に沈んでいった。液体が、薄まったオレンジ色のコーヒーと透明な水の二層にきっぱり分かれた。

コースターにグラスを置いた環は、スラックスからハンカチを取り出し、手を拭いた。ハンカチには、執拗《しつよう》にアイロンがけされたような、かっちりした折り目がついていた。

グラスの内側に、大きな気泡が生じた。水中を一気に駆け上がった気泡が液面で弾《はじ》け、焙煎香《ばいせんこう》の蒸気を振りまいた。

コーヒーは、沸騰していた。

「あっつっ、あっつっ、はぁー……あったまりますね」

環は唇を尖《とが》らせ、ついばむようにコーヒーを呑《の》んだ。どの魔女の毒かはまだ判断できないが、あからさまな示威《じい》行為だ。アリカは思案した。ここで今すぐ殺してもいいが、店に迷惑をかけるのは本意ではない。

「あーちゃん、椎骨の魔女を探しているんですよね」

アリカの肩が揺れるのを、環は味わうように眺めた。

「あーちゃん？　おーい？　返事してくださいよ」

「くだらないあだ名で呼ぶな」

環は邪気を隠さずくすくす笑った。

「やだなあ、ほたえんといてくださいよ。では泥雨さん、どうして椎骨の魔女をお探しで？」

「答える必要はないよ」

「ま、そうでしょうね」

アリカはものすごい速度でコーヒーを飲み干しサンドイッチを平らげた。

「場所を変えようか」

「まあまあまあまあ」

立ち上がりかけたアリカを、環は制した。

「もうすこしここでお話しましょう。そうだ、おみやげ持ってきたんです。お友達とぜひ」

お友達、という単語を、環は強調した。アリカは鼻を鳴らして椅子に腰かけなおした。どこまでこちらの事情を知っているかは明かさずに、それとなくプレッシャーをかける。嫌なやり口だ。

環はビジネスバッグから、一山のみかんが入った紙袋を取り出した。

「実家がボク和歌山でして、両親が山を持っているんですけどね。そこで採れたみかんです」

押し付けられた袋を、アリカは腿《もも》の上に載せた。環はにっこりした。

「お答えいただけますか?」

「オマエには関係ない」

「どうしても?」

アリカは問答に付き合わず口を閉ざした。

「ねえ泥雨さん。ボク気になってるんですよ。だって泥雨さん、髄鞘《ずいしょう》の魔女なんでしょう?」

腕を組み、そっぽを向くアリカを見て環は笑う。

「おかしい話ですよね。髄鞘の毒は失活したと聞いてます。まあ少なくとも日災対の資料によればそうなってますよ。どこで手に入れたんですか?」

「さあね。最初からそうだったから」

環はツインテールの先端をアリカの眼前《がんぜん》に突き付け、猫じゃらしのように振った。

「質問を変えましょう。泥雨さん、あなた、いつからいらっしゃったんですか?」

アリカは環のツインテールを蠅《はえ》でも払うように手で打った。環は肩をすくめ、身を引いた。

「教えてくださいよ。だめ? どぉーっしても? そうですか。残念です。仲良くしたかったなあ」

腿《もも》に、体液のような生暖かい感触があった。アリカは目を落とし、息を呑《の》んだ。

紙袋に詰まったみかんが、ぐずぐずに溶けている。胸の詰まるような、甘ったるいアルコールの臭いをアリカは嗅ぐ。

異変を悟ったときには手遅れだった。重さに耐えかねたように、アリカの頭《こうべ》が垂れた。

ゆるくひらかれた唇から唾液が糸を引いた。

「申し遅れました。ボク、軸索《じくさく》の魔女です」

「こ、ろす……」

アリカの呟《つぶや》きに、環はくすくす笑った。

「いちびらんといてくださいよ、あーちゃん」

◇

かくしてアリカは、どことも知れぬ場所に軟禁された。これが年明け、一月四日のことだ。では松が明けるまでの三日間をどう過ごしていたのかと言えば、生活はそれなりに快適なものだった。

セントラルヒーティングが効いているのか室内は暖かったし、食事も出された。食パンやコンビニ弁当ばかりでPFCバランスは気になるところだったが、さしものアリカもそこまで図々しくはなく、お礼の言葉におじぎまで添えて食事を受け取った。

「ごめんなさいねえ。こんな子どもに、こんな食べ方させてねえ」

片手は常に手錠でベッドと繋《つな》がれていたため、アリカはマットレスの上に弁当を置き、身をかがめて犬のように食事を摂《と》った。そんなありさまを見かねて、食事を持ってきた中年男性が嘆いたのだ。

「別にいいよ」

「なんだか分かんないけど、言って楽になることなら言っちゃいなね。環ちゃん、おっと、盥様《たらいさま》もねえ、まじめすぎるところがあるから」

「ありがとう。でも大丈夫」

「そう？　なんかあったら言いなね。おじさんしたっぱだから、なんの役にも立てないけど。はーあ、こんなことするために入ったんじゃないのになあ」

おじさんは何度も謝りながらアリカに手錠をかけなおし、部屋を後にした。

アリカを監禁したのは、なんらかの、ある種の秩序を持った組織らしい。どうやら椎骨の魔女に関係している。おじさんの発言を考えるに、上から下まで武闘派というわけではなさそうだ。

そこでアリカは思考を打ち切った。手がかりを得られない以上、推論は無意味だ。盥環をどう処理するかが目下最大の問題点だろう。

軸索《じくさく》の魔女、その毒は変速。しかしアリカの知る軸索の毒は、自分が動き回る速度を加減速するものだった。驚異的な力ではあるが、コーヒーを沸かすような毒ではない。

盥環のこけおどしにすぎない可能性はある。わざわざ本当のことを告げる理由はない。なんにせよ、アリカはやすやすと意識を奪われた。盥環の持つ毒が、こと殺人に関して無類の強さを発揮することだけは間違いないだろう。喫茶店での不意打ちで殺されなかったのは幸いだ。こちらの毒で無効化できるダメージは一秒前までのもの。仕込みに気づけねば、死ぬ。

置かれている状況から考えれば、殺さずに痛めつける方法も知り抜いていると思っていいだろう。つまるところ、環は毒の扱いにも殺人にも慣れているのだ。手心や油断は期待できない。

これまでアリカは、強引に隙《すき》を作り出すことで魔女を狩ってきた。肺胞の魔女、膚《はだ》の魔女、牙《きば》の魔女、いずれも卑劣《ひれつ》な奇襲によって有利を取るところから戦いを始めた。畢竟《ひっきょう》、魔女バトルは情報戦だ。相手の知らない手札を切り、動揺や恐慌《きょうこう》を誘《いざな》えば勝利は近づく。この点でもアリカは不利な立場にある。環がどこまで知っているかをアリカは知らず、一方で環は、アリカが何も知らないことを知っている。たとえば環がミアを人質に取っていれば、どんな状況からでも盤面《ま》をひっくり返せる。

毒と情報、二つの局面で敗けている。この認識からアリカは始めた。それゆえに、いつでも逃げ出せる状況にありながらおとなしく捕まっていた。知らねば追われる。ならば知り、殺すのみだ。

「おい、拷問の魔女。おまえ拷問ってされたことあるか？」

扉が開いて、いかつい成人男性が入室するなり物騒なことを言った。

「人の痛みをよぉ、知らなきゃいい大人にはなれねえからなあ」

嗜虐的《しぎゃくてき》な表情を浮かべた男は、手にした畳針《たたみばり》だの木槌《きづち》だの山刀だのの拷問器具を、威圧的に振りかざしてから事務机に置いた。

アリカは心中ひそかにうなずいた。ようやく情報が来てくれた。それも、どれだけ暴力的に引き出そうと心の痛まない情報が。

「何をするつもりなの」

「決まってんだろ」

針と木槌を取った男は手錠を片方外し、アリカの腕を膝《ひざ》でマットレスに固定した。

「分からせてやるんだよ」

ゆるく開かれた掌《てのひら》の中心に、畳針を当てる。ちくりとした痛みをアリカは感じる。

「クソ生意気なメスガキになァ！」

木槌で尻を叩《たた》かれた畳針はアリカの掌を貫通し、マットにふかぶかと突き刺さった。アリカの五指が痛みにぎゅっと丸まるのを見て、男はにやにや笑った。

「これが痛みだよ。分かったかメスガキ」

「何を、知りたいの」

「ああ？」

「拷問なら、なにか聞きたいんでしょ」

男は口元を押さえ、笑い声を漏《も》らした。

「ああ、そうだったそうだった。なぁ拷問の魔女。おまえ、椎骨の魔女を知らないか？」

「知らない」

男は無言で畳針を掴《つか》み、肉を掻《か》き壊すようにぐりぐりと捻《ひね》り回した。アリカは目を閉じ、奥歯を噛《か》みしめ、背筋を反《そ》らした。

「盥様はなあ、お怒りなんだよ。大事な時期におまえみたいなメスガキがうろついて、こっちは迷惑してんだ。言え。なんで椎骨の魔女を探す」

「……い」

「ああ？」

「臭いよオマエ。近づかないで」

「もう一本いっとくかあ⁉」

挑発に乗った男は、机に置いた針を手にしようと、アリカに背を向けた。その瞬間、アリカは毒を起動して手錠に加速度を叩《たた》きつけ破壊した。

「あれえ？」

振り向いた男の顔面めがけて左ジャブを打ち込む。裸拳《らけん》のひとさし指基節骨《きせっこつ》が激突の衝撃によってひび割れ、毒によってただちに接《つ》がれた。一方で、男の左眼球を支える眼窩底《がんかてい》骨《こつ》にはひびが走った。こちらはもちろん傷ついたままだった。

男はふらつきながら後ろに下がり、壁に背をつけた。追ったアリカは、追撃の頭突きを食らわせる。男の眼窩底《がんかてい》は焼き菓子のように砕けた。

「あたしは悲鳴が嫌いなんだ。だから――」

へたりこんだ男の顔のすぐ横、コンクリートの壁を蹴る。

「叫んだら殺す」

アリカの静かな恫喝《どうかつ》に、男は悲鳴を飲み込み、口を押さえてこくこくうなずいた。アリカは男に笑みを向け、机上の畳針《たたみばり》を手にした。

「オマエを今から拷問するよ」

「へあぁ？　なんでぇえ？」

魂の底から振り絞られた純然たる疑問の声に、アリカは小首をかしげた。

「知りたいことがあるからだけど」

「なんでも話します」

男は正座し、誠実そのものの表情を浮かべた。

「そう。いい心がけだね」

「はい。ですから、その、痛いのとかはちょっと」

「それじゃあ、あたしがむかついたからやる」

「いいぃいいいぃ……」

アリカは、ベッドに寝かせた男の掌《てのひら》に畳針を三本打ち込んだ。

「よし」

アリカはよしとした。

「それじゃあ聞くよ。オマエたちの組織の名前は？」

「す……スパイン」

スパイン。

背骨。

椎骨の魔女。

「オマエたちの上に、椎骨の魔女がいるんだね」

男はうなずき、目線を自分の掌に向けた。アリカは針を一本抜いてやった。

「あたしの対策もできていたね。軸索《じくさく》の魔女をあたしにぶつけたのは、単にアイツがえらくて強いからじゃない。あたしの毒を完封できるからだ。違う？」

「な、なんでぇ……？」

「肯定と受け取るよ。どうして分かったのかというと、オマエが教えてくれたからだね」

髄鞘《ずいしょう》の毒にはいくつもの致命的な弱点があり、継続的な攻撃に弱いのはその一つだった。とくに刺創《しそう》や咬傷《こうしょう》で、刺さったものが体内に残存している場合は発動しても意味がない。肉体を一秒前に戻してもまた傷ができるだけだし、動作への毒は刺入した物体を肉体の一部と判定するからだ。よって畳針《たたみばり》による拷問は、髄鞘《ずいしょう》の毒の性質を分かった上でのものだろうと推測できる。

「そうか、予知があったんだね。椎骨の魔女とあたしが、どこかで接触する」

椎骨の魔女、その毒は予知。限定的な未来視。

男の目が、こぼれ落ちそうなぐらい見開かれた。

「また肯定だ」

アリカは畳針を一本抜いた。

「名前は？　椎骨の魔女の、名前」

「ひっへっ、へええ？」

抜いたばかりの畳針を、アリカは指に挟んで上下した。血塗られたラバーペンシル錯視を見せつけられて、男は震え上がった。

「あっ針はもう勘弁してください、ひら、ヒラタ、ヒラタ様です」

「どんな人間？　男？　女？」

「お、じゃ、女性、女性だそうです」

「今どこにいる」

「やっそれはその、知らなくて、俺、いやまじでまじでまじで」

「もう一本いっておこうか」

「まじで知らないんですぅううう」

男は泣きながら首を振った。アリカは努めてゆっくりと呼吸し、沸き上がりつつある激情を沈めた。椎骨の魔女の正体など、今は枝葉だ。

「椎骨の魔女は、どうしてあたしを狙うの」

「それ、は……いえ、その、これは椎骨の魔女様ではなくて、その、盥様の」

「独断？」

男がうなずいたので、アリカは最後の一本を抜いてやった。

「ありがとうございますアリカ様」

それは男の、心の底から吐き出された感謝の言葉だった。

「いいよ。痛くしてごめん」

「いえ、俺がそのなんというか、思い上がったことをしてしまって……」

「痛みを消してあげる」

「へえ？」

痛みを消す方法とは、マウントポジションからの三角絞めだった。脳への血流を阻害された男は薄目を開けて失神した。

アリカはスクールバッグからオープンフィンガーグローブとｉＰｏｄ ｓｈｕｆｆｌｅを取り出し、身に着けた。針に貫かれた右手のひらを開閉し、強く握りしめてみる。痛みと痺《しび》れはあるが、拳《こぶし》は作れた。問題ない。殺せる。

失神した男から、アリカはスマホとワイヤレスイヤフォンを借りた。使い捨ておしぼりで拭《ぬぐ》ったイヤフォンを耳に挿すと、Ｂｌｕｅｔｏｏｔｈの接続音がした。次いでスマホの画面を男に向け、顔認証を突破する。あちこちいじってから、自機のナンバーが表示されたディスプレイを天井に向ける。

「ミア、電話して」

◇

拷問から逆拷問までの堂に入《い》った流れをただただ呆気《あっけ》にとられながら眺めていたミアは、アリカの呼びかけで我に返るとスマホに飛びついた。

『ミア、無事？』

「もしもし！　ミアです！　無事です！」

『よかった。あけましておめでとう。おばあちゃんは元気だった？』

ミアは脱力した。

『何があったか話すよ』

アリカは手短に、ここまでの経緯を説明した。話が喫茶店で受けた攻撃に及び、アリカが環の毒について語ると、ミアはしばし黙って考えを巡らせた。

「たぶんですけど、嘘《うそ》は言っていないと思いますよ。軸索《じくさく》の魔女の毒で全て説明がつきますから」

『そうなんだ』

軸索の魔女、その毒は変速。一定の空間内において、対象の速度を操る。

「アリカが意識を失った攻撃ですけど、みかんが溶けたんですよね」

『どろどろだったよ。ぬるかったから、おしっこを漏《も》らしてしまったのかと思った』

「たまにありますよね分かんないこと。それはともかく、盥環が加速させたのは微生物のはたらきだと思います」

『どうして？』

ミアはメモ用紙を手元に引き寄せ、化学式を書きなぐりながら頭を整理した。

「みかんに棲《す》んでいる微生物は、糖分を食べてアルコールと二酸化炭素を吐き出します。発酵ですね」

「呑《の》んだ水がおしっこに変わるのと同じだね」

「おおむねそうです。それで、アリカがなんで意識を飛ばされたかと言えば、酸欠でしょうね。空気中の二酸化炭素が増えすぎて、酸素が足りなくなったんです」

電話の向こうで、アリカが息を吐きながら唸《うな》った。

『それぐらいのことで、酸欠になるの？』

紙袋いっぱいのみかんから二酸化炭素が吐き出されたとして、ただちに意識が消し飛ぶほど酸素が足りなくなるかと言えばそうではないだろう。それに、盟環自身も酸欠になっていなければおかしい。

「説明はつくんですよ。つくんですけど……」

歯切れの悪い、ミアの言葉だった。なんとはなしの奇妙な予感、嫌なざわつきをミアは感じている。うまく言語化できないが、魔女の毒について、認識を改めなければならないような気がしていた。今までなんとはなしに受け入れていた魔女の毒という異常について、踏み入った検討が要されているように思えた。

「その前にコーヒーの件です。分子運動を加速すれば、コーヒーを加熱させられます。熱って分子がどれだけ元気よく動き回れるかですからね」

「そうなんだ、知らなかった」

「だから、おそらく……大気分子の運動を変速すれば、風を起こせます。アリカの顔に向かって二酸化炭素を集中的に送り込むことも可能でしょう」

「すごいね。説明がついた」

「ええ、そうなんですけど」

この忌避感《きひかん》、邪悪への嫌悪感は、軸索《じくさく》の魔女の毒そのものに向けられているのかもしれない。変速の毒には、ほとんど無際限の応用力がある。血流を加減速されただけで人体は壊れるし、大気分子の運動を減速することで即死するほどの低温をもたらすこともできる。

『あたしの知っている毒よりも、強くなっているということだね』

「えなにそれ、そんなことあります?」

『失活することもあるんだから、強くなることもあるよ』

「そんななんか、道理みたいに言われても。それで、その、どうするんですか?」

『まずはここから逃げるよ。真正面からでは勝てないみたいだ』

ミアは胸を撫《な》でおろした。どんなものでも加減速できるようないかれた毒の持ち主に挑むほど、アリカは愚《おろ》かではないのだ。

『いつか闇討ちして殺す』

「……んまあ、そうなりますよね。わたしは何をすればいいですか?」

『迎えの車を出して。場所は――』

スマホのGPS機能で、現在地は把握できていた。本牧《ほんもく》の海沿いにある貸倉庫だ。ミアはノートPCを立ち上げて地図アプリを開いた。

「新山下《しんやました》ICから降りればすぐですね。分かりました、急いで向かいます」

『近くにおいしいお店はある?　そこで合流しよう』

スクールバッグを背負ったアリカは、部屋の外に出た。

『通話はこのままで』

アリカは鉄階段を下り、広くて寒々しい倉庫区画に出て、

『まいど』

イヤフォン越しに、ミアは、軸索《じくさく》の魔女――盥環の声を聞いた。

◇

「まいど」

外界と倉庫を画すシャッターに、環はもたれかかっていた。アリカが足を留めた一瞬で、環はつま先が触れる距離まで詰めた。

「これぐらいならボクもできるんですよ。あーちゃんみたいな速度は、ばらばらになっちゃうから無理ですけど」

アリカは左ジャブを突いた。

「いちびらんといてくださいよ、あーちゃん」

後ろから声が聞こえた。アリカは体を回転させる右バックハンドブローを放つが、拳《こぶし》の先に環はいない。

「当たりませんってば。あーちゃんとボク相性最悪ですもん」

　左サイドキック。

「ごめんなさいね、乱暴して。ボクらただ、椎骨の魔女に近づいてほしくないだけなんです」

　右バックスピンキック。

「針を刺されたよ」

　左右のフック。

「うん、ですからごめんなさい、二つだけね。なんで椎骨の魔女を探してるのか教えてほしいのと、椎骨の魔女に近寄らんこと、この二つだけ約束してもらったらお帰しします」

　全てがたやすく回避され、アリカの心中に徒労感がじわりと湧いた。

「別に、意味なんてないよ。拷問するとき、なんでもいいから質問しておこうと思っただけ」

「はい嘘《うそ》」

　素人《しろうと》丸出しの、フックとストレートの合いの子みたいな右のパンチを環は放った。軌道の中途で急加速した拳が、ガードをすり抜けてアリカの胸を打った。

「かっあぁっ」

　毒の起動など考えられないほどの衝撃が胸から背中まで駆け抜けて、アリカは呼吸困難に陥《おちい》った。胸骨に走ったひびが、無数のとげを持つ球体のような痛みとなって体内を転げ回った。

「いったあ！　殴った方も痛いって、比喩じゃないんですね」

環は右手をぶんぶん振った。

「バチバチにどつき合うの、向いてないみたいですわボク」

アリカは胸を押さえて体を折り、ふらふらと何歩か進み、前触れなしに嘔吐《おうと》した。

「あ……？」

唇が、細く短い無数の針で覆われているような感覚をおぼえた。呼吸がいつまでも苦しい。側頭部を棒か何かで打たれたような偏頭痛が生じている。

「なん、だ」

脚から力が抜けて、アリカは両膝《りょうひざ》をついた。視界が回転している。

「三叉《さんさ》神経、中枢《ちゅうすう》神経、心筋」

呼吸できない。舌が麻痺《まひ》している。

腰を落とした環が、四つん這《ば》いになったアリカの横顔を見つめてにやにや笑った。

「あーちゃんの体の中の、ナトリウムイオンの動きを鈍《にぶ》くしました。苦しいでしょ？」

声が出ない。正確に言えば、音は出せるが言葉を作れない。アリカはまた吐いて、コンクリートの冷たい床に突っ伏した。環は全身をぶるっと震わせ、開いた口から熱い息を漏《も》らした。

「あかん興奮してきたわ。目え剥《む》いとるであーちゃん。みっともな」

勝てないのは分かっていた。だが、弄《もてあそ》ばれるほどの実力差は想定していなかった。アリカは歯を食いしばった。閉じた瞳から、涙が流れた。

「おおいおいおい泣いちゃったあ。あーちゃんボクのことそんなに興奮させんでくださいよ。たまらんわ」

哄笑《こうしょう》が空っぽの倉庫に響いた。環は首を傾け、にやにや笑いをアリカに見せつけた。

「拷問の魔女を拷問するって、ワタナベ君いちびっとったけどどうなりました？　死んでしまった？」

「さあね」

「ほなら、ボクが代わりに夢叶《かな》えたげますわ」

「いッ!?」

右手首から先に激痛が走り、アリカは声を上げた。手の甲に、薔薇《ばら》の花のような形の赤いふくらみが生じていた。

「やけどです。びっくりした？」

アリカはミアの言葉を思い出した。環は体の中の分子を加速したのだ。

「次は左手ですね」

アリカは奥歯を強く噛《か》んだ。左手の甲にやけどそっくりの痛みが走り、紫色のあざみの花が咲いた。

「こっちは凍傷。だいぶしんどいですか？」

今度は分子の減速。ミアの言った通りだ。ブラフでもなんでもなく、環は軸索《じくさく》の魔女だと断定していい。一つ収穫だ、と、こんなときアリカは考える。一つ一つ情報を積み上げていくだけだ。屍山《しざん》に道を刻み、血河《けつが》に橋を架けるだけだ。

「改めて訊《たず》ねますよ。泥雨さんは、いつ、どこから来たんですか？　もしかして、その時代の椎骨の魔女とお知り合いでした？」

口の痺《しび》れが取れていることにアリカは気づく。毒を解除したのか、対象は一つしか取れないのか。予断はしない。それはこれから確かめる。殺すために。

アリカが指を口に突っ込むのを見て、環は声を上げて笑った。

「毒ちゃいますよ。あ毒て魔女の毒ちゃうくてふつうの、ふつうの？　ふつうの毒な。げーできませんて」

アリカは牙《きば》ピアスをひきちぎり、咀嚼《そしゃく》した。鋭い先端が口内の粘膜をずたずたに切り裂《さ》き、溢《あふ》れた血をめいっぱい溜《た》めて、アリカは唾液と共に吐き出した。

「うわ。やりすぎました？」

コンクリートを走った血が環の靴に触れた瞬間、アリカは髄鞘《ずいしょう》の毒を起動した。

環と激突したシャッターが、シンバルをとんかちで引っぱたいたような衝突音を伴いひしゃげた。地べたに落ちた環は数十秒分の記憶を失い、あたりを見回した。右を見て、左を見て、真正面に、レザーのミドルカットスニーカーがあった。

ソールの裏面が、環の顔面にめりこんだ。後頭部とシャッターが音を立てた。

「殺せなかったね。残念だ」

アリカは三度、環の顔面を右足で蹴り込んだ。四度目で、蹴り足の動きが鈍《にぶ》くなったように感じた。咄嗟《とっさ》に足を引いたが手遅れだった。アリカは真後ろに倒れ、遅れて右脚がゆっくり落ちた。

「ぶっはっ……あかんわ。いちびりすぎた」

折れた前歯を吐き出して、環は立ち上がった。

「今の、あーちゃんの必殺技ですか。とっさに毒使わなかったらボク死んでましたね」

加速度を叩《たた》き込むのが唯一の正着《せいちゃく》だとアリカは判断していた。それだけの破壊力を持つと知りながら手錠一つで拘束しないだろうというのが根拠で、当を得てはいたようだ。

髄鞘の毒は、接触している限り体液を肉体の一部と判定する。種が割れれば通用しない、一度きりの奇策だ。

が、環は毒で加速度を防いだ。ならば意識を飛ばしたあとに再び加速度を与えるほか、手はない。そのための蹴り込みだったが、アリカの体力は軸索の毒によって大きく損なわれていた。結果、意識途絶に至らず、こうしてひっくり返っている。

「殺したろかな。でも怒られるな。どうしよ、あかん！」

アリカが倉庫の反対側まで移動したことに気づいた環は声を上げた。

「あほや。まだぼーっとしとるわ」

環はこめかみを自分の拳《こぶし》で殴りつけ、鼻血を拭《ぬぐ》い、頭を振る。

アリカはポケットに手を突っ込んで眉をひそめた。弾になりそうなものがない。借りたスマホとイヤフォンのケースは、髄鞘《ずいしょう》の毒の起動時、イヤフォン本体と共にどこへともなくすっ飛んでいた。

アリカは左手のひとさし指を口に突っ込み、奥歯で爪を引っぺがした。血まみれの爪を吐き出し、掌《てのひら》で受ける。これで弾が確保できた。

「あーちゃん、逃げないんですか？」

「ここで殺すよ」

アリカは弧を描くような軌道で走りながら、角度を付けて順々に剥《は》がした爪を放った。三つの弾はいずれも急減速し、環は苦も無く回避した。速度を取り戻した爪はシャッターを外側にへこませた。

十分だ、と、アリカは判断した。もちろんここで殺すつもりなどない。まじめにやり合う意味はない。

攻撃がどの地点で減速・再加速するのかを、確認するための射撃だった。髄鞘の毒の効果範囲は、環を中心とした半径一メートルの円に収まると考えていいだろう。高さは、水平方向に準じるとすれば、環の肉体を中心とした上下一メートル。総じて、半径一メートルの球状と仮定するのが妥当だ。ここまで暴いたのならば、殺す手立てはある。

脱出のため毒を起動しようとしたアリカの足を、地鳴りが掬《すく》った。

前のめりに倒れたアリカは顎《あご》をコンクリートに打ち付け、鼻の奥に火薬っぽい臭いを感じた。重力が増したように、地面に押し付けられている。身動きが取れない。正体は分からないが、毒による攻撃なのは間違いない。

アリカは自分を罵《ののし》った。二つ以上の毒、二人以上の魔女をなぜ想定しなかった？　リスク管理の初歩的ミスだ。

いや、と、アリカは思いなおす。どのみち踏み込まねばならなかった。勝てないにせよ、知らねばならなかった。次はミアを巻き込むかもしれない。そのとき、無知なままではミアが死ぬ。それだけは避けなければならない。

地獄の道連れに選んでしまった。だというのに、ここにいるよと言ってもらえた。寄り添うことを選んでくれた無垢《むく》な魂を、守らなければならない。最期のときがやって来るまで、力の及ぶ限り。

床が、壁が、視界に映る全てのものが、薄くなっていくように見えた。半透明になったコンクリートの下に、うっすら雪の積もった護岸と曇り空を反射して灰色の海が見えた。

やがて存在そのものがこし取られたように建物が消え、アリカは、空にいた。

雪の混ざった潮風が、肌を切り裂《さ》くように吹き付けた。

あたりを見回す。十数人の人間が、同じように宙に浮き、じたばたもがいて怒鳴っていた。

「なんやコラァ⁉」

環も眼下の地上めがけて喚《わめ》き散らしていた。この攻撃は、スパインの構成員によるものではない。

アリカは環の視線を追った。その先に、二人の女がいた。

「こんにちまじょまじょ！　さし子です！」

茶髪の女が手を挙げて挨拶《あいさつ》し、黒髪の女の脇腹を小突いた。

「みぎめよ。いきなり浮かせたりして申し訳なく思うわ」

魔女と魔女狩りが、アリカたちを見上げていた。

「あのー！　すみません！　みなさんスパインですかー！　お伺いしたいことがあるんですけどー！」

さし子は両手をメガホンにして怒鳴った。

「こちらにー！　椎骨の魔女はー！　いらっしゃいますかー！」

◇

ニュースフィードにぎっしり並んだ記事の群れにその単語を見つけたとき、私の全身は冷たくなった。

スパイン。

君と君の大事な人を残忍にいたぶり、私をたびたび襲撃した組織の名前だった。

かつて、くだらない偶然とたどたどしい義憤が重なり、私と君はスパインの首魁《しゅかい》を拷問した。日本災害対策基盤研究機構横浜研究所所長、戸羽《とば》。戸羽は、いろいろあったが最後には死んだ。もうすこし公平な言い方をすれば、私に殺意を抱いたせいで、私の毒に殺された。

右目の魔女、その毒は返報。殺意を死で返す。

その時点で、スパインは消滅したものだと思っていた。事実、あれから一度も名前を聞いたことがない。人魚災害から三年以上が経過した今、そもそも存在意義を持たないはずだ。

スパインの構成員、ヒラタは、魔女と魔女狩りと人魚の輪廻《りんね》を終わらせようとしていた。そのために取った手段が、拷問だった。ひとさし指の魔女だった君は、魔女狩りを

――君の大事な人を、命じられるがままに傷つけた。君はそのとき拷問官にして人質だった。

　魔女狩りが人魚になることなく死ねば、輪廻は損なわれる。それが正しかったのか、いかれた頭に湧き立つ純然たる妄想だったのかは分からない。なんにせよ目論見《もくろみ》は無残で破壊的な結末を迎えた。魔女と魔女狩りを廃ペンションに捕えていた構成員は皆殺しにされた。人魚は泡となって毒をまき散らし、君は魔女狩りに選ばれた。

　輪廻の通りに君は人魚となり、本来であれば、私が次代の魔女狩りとなるはずだった。そうはならなかった。私は――たぶん頭が完璧にどうかしていたのだろう――人魚となった君めがけて飛び降りた。なんでそんなことが贖罪《しょくざい》になると思っていたのか、今でもまったく分からない。とにかく、私は人魚の中で溶けて一つの毒となった。

　私が余計な気を回したおかげで、君と私は蘇《よみがえ》る羽目になった。うまくはいかないものだ。人生は続くし、幕引きだからといって終われるものではないらしい。

　今の私に残っているのはひとつの使命感だ。君に寄り添い、君の望むがままに生きる。君が世界を壊したいのならば共に壊すし、君が許したいのならば共に許すし、君が死にたいのであれば、努力する。現在のところ、私たちは三番目の結論めがけて滑り落ちているところだった。

　もしかしたらこの感情を、愛と呼び換えてもいいのかもしれない。人を愛したことなんてないから分からないけれど、あるいは私は、君を愛している。

君を殺すための方法は見つかっていない。君が宿した心臓の魔女の毒は、他に類を見ない強力な呪いだ。これまでの魔女狩りは、どのように心臓の魔女を狩っていたのだろうかと疑問に思うことがある。けれどもノウハウがあったとして、それは日災対の解体と共に散逸《さんいつ》した。

私はタブレットをスリープして、キッチンに向かった。胸の中に無数の羽虫が湧いたような気分だった。羽虫はみんな赤子の顔をして、皺《しわ》だらけの不気味な顔で泣いている。この感覚は、きっと君のものだろう。

君と私は、人魚として一つになった。君は私の、私は君の経験を、自分の記憶と同じぐらい鮮明に感じられる。君は、私が真冬に裸でバスタブに放り込まれた日の寒さと寄る辺なさと諦《あきら》めを思い出せるし、私は、君が魔女狩りの体に刃を入れたときの柔らかくて頼りなくておぞましい感触を思い出せる。

君が魔女狩りを今でも想っているのだと、私には感じられる。

乳鉢《にゅうばち》でピンクペッパーとブラックペッパー、それから海の塩を砕き、ドライオレガノといっしょに豚ばら肉のブロックにすりこむ。ローズマリーを一枝、両手で叩《たた》く。立ち上がった香りが、胸にへばりついた油汚れのようなべっとりした不安を押し流していく。

ローズマリーをのせた豚ばらをアルミフォイルでぐるぐる巻きにしてバットに載せ、冷蔵庫に入れておく。すこしばかり、気が晴れているのを感じる。

料理を覚えたのは弟のためだった。

父と母は、ありとあらゆる創造的行為に縁のない人間だった。自分たちが遺伝子の積み木遊びをしているなどとは想像もせずくだらないセックスに明け暮れ、くだらない子どもを産んだ。それが私だった。

自分たちだけの楽しみがどうやら再生産に繫《つな》がってしまうらしいと気づいた父母は、五年ほどきちんと避妊していたようだ。けっきょくのところ、目先の快楽に負けたのか誠実な話し合いがあったのかは知らないが、弟は産まれてしまった。最悪の父と最悪の母と最悪の姉がいる家庭に。

菓子パンばかり与えられてぶくぶく太り、虫歯だらけになった弟を、父母は私以上に忌《い》み嫌った。壮絶な夫婦争いのあとで、栄養バランスを考える仕事が私に回ってきた。父も母も損をしない、実にピースフルな妥結案だった。

月の食費は家族で三万円。まともな健康状態を買うためには寸足らずの金額だったから、工夫するしかなかった。おまけに失敗も許されなかった。まずければ罵《ののし》られたし、おかずが足りなければ殴られたし、包丁で指を切ればばかにされた。

私は今でも弟の笑顔をおぼえている。おいしいと笑ってくれて、かぶせものだらけの前歯がやるせないぐらい愛《いと》おしかったのをおぼえている。

だから料理は、私と君を弁別《べんべつ》するための、私だけの瞑想《めいそう》だった。

香りの強い大玉のにんにくをみじん切りにして、少量のごま油でゆっくりと揚げ焼きにする。油に豆板醤《トウバンジャン》を落としてよく練る。火を落として熱を取ったらボウルに移し、マヨネーズを加える。

野菜の買い出しに出かけて帰ってくると、君が、ボウルの中身を味見していた。

「んっま、うんっま、なんですかこれ。にんにくと、なんか、辛くてうますぎる」

「中華風アイオリソース。今日は蒸し野菜とローストポークよ」

私はエコバッグからかぶを取り出した。上機嫌になった君はリビングでくるくる踊った。

かぶ、ブロッコリー、カリフラワー、葉わさびを下処理する。君はスチームクッカーを棚から引っ張り出してリビングの上に置き、一仕事終えたような顔でハイボールを作る。アルミフォイルでくるんだ豚ばらをスチームクッカーの下段で蒸しているあいだに、上段で野菜を蒸す。君はむちゃくちゃな量のソースをなすってかぶをほおばり、ハイボールを口にする。

「うますぎる」

天を仰《あお》いだ君はしみじみと呟《つぶや》く。

「あまり呑《の》みすぎないでちょうだい。豚に辿《たど》り着けなくなるわよ」

「みぎめちゃん助けて、うちはもう自分をコントロールできねえんだ」

「好きにしなさい」

「んあっ辛っ、えっ葉っぱが」

「葉わさびね。目が覚めた？」

「而今《じこん》まだありましたっけ。これ日本酒じゃないと勝てないだろ、うますぎる、うまさがもったいない日本酒じゃないと」

君は私の助言を聞かなかったことにして冷蔵庫へ走った。

蒸しあがったローストポークに、フライパンで焼き目を付ける。切り分けて、チコリといっしょに大皿に散らす。君はもう徹底的にへべれけで、私が片付けと料理を並行するさまを、しゃっくりしながらぼーっと眺めている。

「まだ呑める？」

「ぜーんぜんそんな。海行けますよ海。あ、その、海っていうのはつまり……海ぐらい行けるってことなんですけど」

私は君のうわごとを無視してビールの栓を抜いた。

「海ですよね。つまり」

君は駄目押しした。さすがに笑って、私は君の前にグラスを置くついでに頰《ほお》を軽く撫《な》でた。

「おっ……おお？　なんか、いま、ほっぺ、えっもう一回どうぞ」

「食べなさい」

「はい」

君は肉を食べて唸《うな》り、ビールを飲んで唸った。

「やばすぎる」

「ばかの食レポが好きね、君は」

「あれっなんっこれ、この、なんかビールうますぎません？　チョコの味する。チョコの味するのに肉と合う」

「焦がしたモルトを使っているんじゃなかったかしら」

私は空《から》になった瓶《びん》を手に取って原材料を見た。

「おぼえてる？　うなぎを食べに行ったときにも呑《の》んだのだけど」

「当たり前ですよ！」

君は不必要に大きな声を出し、

「あの、なんか、静岡の……どっか」

すぐさま記憶の中で迷子になった。一分の隙《すき》なくできあがっている。

「三島《みしま》ね」

「そーうそうそのそこ。めっちゃ待つの嫌だからってなんか適当なとこ入って、めちやうまかったんですよ。ほらおぼえてる」

「ビール醸造所の直営店だったのよね」

「知ってますって！」

君はまたもばかでかい声を上げた。

瓶を見ながら、ビールを口に含む。コーヒーみたいな煎《い》った香りと苦みを感じる。

「はーうま。うまいがすぎよるわ。宵子《よいこ》さんも好きかなあこれ」

「どうかしらね。考えてみれば、あの人のお酒の好みなんて知らないけれど」

私たちはまだ宵子さんを過去形で語れない。

日災対の、魔女の面倒を見る部署にいた宵子さんは、よりによって私なんかを担当することになった。今も昔も私の性根はぐにゃぐにゃにひん曲がっていて、たった数年でかけられるだけの迷惑をかけたのに、宵子さんは両親の何倍も私によくしてくれた。何倍も、というのは、もしかしたら適切な表現ではないかもしれない。ゼロには何をかけてもゼロだからだ。

宵子さんは通り魔に殺された。私たちに寄り添ったせいで。

戸羽に言わせれば、それは宵子さんの策略だった。宵子さんは予知の毒を持つ椎骨の魔女で、私を魔女狩りに仕立てあげるため、わざわざ通り魔に殺されてみせたのだと。

事実だろうが妄想だろうが、私たちにとってはどうでもよかった。この世界でたったひとり、宵子さんだけが、私たちにやさしくしてくれた。私と君が知っているのはそれだけだ。

もしかしたらこれは、私たちの物語の続きになりえるかもしれなかった。明らかな欺瞞《ぎまん》であっても。

「椎骨の魔女が、スパインにいるわ」

君は据わった目を私に向けた。私が何を口にしたのかまったく理解できていないようだった。

「なんて？」

「スパイン。椎骨の魔女」

君は立ち上がり、トイレに駆け込んだ。数分後、まっしろな顔で戻ってきた君に、私は水を出した。

「どういうことですか」

「厳密に言えば、椎骨の魔女がスパインをリローンチしたことになるわね」

君は無言で水を飲み干《ほ》し、空《から》のグラスを手にキッチンに向かった。

「整理するわ。スパインは君たちを拷問した連中。これは魔女狩りに殺された。そのあと、戸羽が出資して、ブランチスパインという後継組織が立ち上がった」

水を手に戻ってきた君は、椅子に深く腰かけてうなだれた。

「戸羽が失脚して、ブランチスパインは解散した、と、私たちは思っていた。ここまではいいわね」

君は返事をする気力もないようだった。私の中の君が泣き叫んでいるのを感じる。冷たく暗い深海の中にいる君を、私は強《し》いて私自身と峻別《しゅんべつ》する。

「その後どうなったかという話。ブランチスパインは、がんごの会という新宗教組織に吸収されたらしいの」

「M＆Aみたいに？　なんかそんなことあるんだああいう人たちにも」

「さあね。あとで自分でも調べてちょうだい。事実としてスパインは、がんごの会の下部組織のようなかたちになった。連邦軍の中のエゥーゴみたいなものかしらね」

「えっえっなに？　ひとつも分かんない単語出てきた」

「ガンダムよ」

「ほあー知らんなガンダムは」

君は冷たくなった肉を一切れ噛《か》んで続きを待った。

「がんごの会とスパインは揉《も》めているらしいの。がんごの会の前会長の、遺骨の所有権を巡って」

君がじわじわと面倒くさそうな顔をしはじめたので、私は笑った。

「もうすこしがんばれる？」

「チューせえチュー」

「あとでね。前会長は二か月前、詐欺の疑いで逮捕された。これはがんごの会とは関係ない、純然たるポンジスキームだったらしいわ。前会長は拘置所内で死んだ。自殺か他殺かは置いておきましょう。そこで、スパインの代表者が遺骨の引き取り手として名乗り出た」

「なんか、血縁かなんかですか？」

「そうではないから揉《も》めているのよ。本来なら遺骨は、前会長の息子――がんごの会の現会長の手に渡るはずだった。けれども、会長の死によって組織の屋台骨が揺らいだところで、元スパインの勢力が伸長してがんごの会の最大派閥に……」

君はかなりぼんやりしていた。私は手招きし、テーブルに身を乗り出した君の額にくちづけした。君はにこにこしながら居住まいを正した。

「次は口ですよ」

「はいはい。要約すると、ただの政治よ。会長派とスパイン派が、遺骨の所有権を巡っている」

「詐欺事件の犯人がなんか仏舎利みたいになっちゃったわけですね」

「そんなに良いものじゃないけれど、たとえとしては分かるわ。遺骨が正統性を担保してくれるみたいね」

「でその遺骨は？」

「国が管理しているわ。がんごの会の現会長は、引き渡しを求めて裁判を起こしている。ふつうに考えれば、現会長の勝ちではあるでしょうね」

「ほーん。そんな面白いことになってたんですね。ぜんぜん知りませんでした」

「そしてスパイン派を取りまとめ、遺骨の所有権を主張しているのが、椎骨の魔女。比良《ひら》田《た》朔《さく》」

　君が無言の裡《うち》に何を感じているのか、私には分かった。椎骨の魔女、ヒラタ。君たちを拷問したスパインの、リーダーだった男。

「娘かなにかでしょうね」

　君があの場所に戻っていることを私は感じ取る。凍える寒い冬、廃墟に監禁され、絶え間なく浴び続けた暴力と苦痛について君が思い出しているのを私は絶望として感じる。私たちは同じ痛みを分かち合ってしまっているから。

「私の話は以上よ」

　君はテーブルに肘《ひじ》をつき、額をてのひらに載せる。長く、無言でいる。

「提案なのだけど」

　いつまで経《た》っても君が何も言わないので、私は口にした。

「椎骨の魔女の毒を、手に入れるのはどうかしら」

君の肩が緊張に持ち上がった。君は大きく息を吸って、ゆっくり吐き出した。

君は顔を上げて笑った。

「いいですねそれ。メラメラの実じゃないですか」

「なにそれ？　ワンピースの話？」

「みぎめちゃんワンピ知らんのやばすぎですよ。ほらドレスローザで、メラメラの実がエースの遺品だから」

「もしかして今、知りもしない漫画のかなり踏み込んだスポイラーがあったのかしら」

「そこから知らんのまじで知りもしないな、どこでどう生きてきたらそうなるんだ」

「宵子さんの遺品として？」

君はすこし迷ってから、うなずいた。

こんなことが何になるのか、なんの意味も価値もないことを私たちは承知している。私たちの物語は泡のように弾《はじ》けて消えた。大気中に拡散しきった分子を寄せ集めて再び泡を作ることができないのと同じように、もう私たちには何も残っていない。

それでも、死なない限りは生き続けるしかない。あがくだけの生が、物語にもならない断片を寄せ集めた不細工なパッチワークにしかならないとしても。

「やりますかあ」

「ええ、やりましょう」

私たちはスパインについての情報を集めた。居場所を突き止めるのは簡単だった。信者が運営しているSNSの鍵付きアカウントをかたっぱしからフォローして、そのうち一人がうかつにも居場所を漏《も》らした。

どうやらなにか後ろめたい理由で、本牧に集まっているらしい。それほど遠くないから、という理由で、私たちはそこを襲撃することに決めた。

タクシーを降りると雪がちらついていて、私たちははやくも外出を後悔した。

「ねえみぎめちゃん、帰ってお茶にしません？」

君は歯をがちがちさせながら私の袖を引いた。

「あたたかい格好をしなさいと言ったでしょう」

スカートから伸びた脚が、風に巻かれた雪を浴びて今にも凍りそうだった。君の格好はブレザーにプリーツスカート、ローファー。魔女狩りの正装に、ウールの黒いピーコートを羽織っただけだった。

「本当に人の話を聞かない子ね、君は」

私はバッグからマフラーを出して君の首のあたりをぐるぐる巻きにした。

「へへ。みぎめちゃんのにおいします」

君はマフラーに鼻先を突っ込んでにやにやした。

「うるさい」

ぶつかってきた君のおでこを、私はやや強めにひっぱたいた。

周辺をぶらついていると、目の前で貸倉庫のシャッターが歪《ゆが》んだ。派手な音に、私たちは足を留めた。

「お？　魔女バトルしてますね」

君の中にあるひとさし指の毒が、争いを捉えたようだった。

ひとさし指の魔女、その毒は指向。毒までの距離を感知する。

「偶然ではないでしょうね」

「んじゃ、あれか。久しぶりにやったりますよ！　ねえねえみぎめちゃん見ててくださいね」

君は右腕をかっこよく突き出した。

「はぁあああ小指の魔女、その毒は結束。小指と対象を結び付け、常に相対距離を保つ。

「おらあ！」

君が手首を跳ね上げると、倉庫が宙に浮いた。建物の中から、混乱しきった悲鳴が聞こえてきた。

「ついでに中指の魔女の毒」

「照れんなって」

中指の魔女、その毒は不動。対象をその場に固定する。

「続けて！　膵臓《すいぞう》の魔女の毒！」

膵臓の魔女、その毒は消化。対象をあとかたもなく融解する。

倉庫が溶け去ると、十数人が空中でじたばたしていた。

「なんやコラァ⁉」

威嚇《いかく》するのは、顔を腫《は》れあがらせた女だった。

「なんかいきのいいのがいますね。魔女バトルしてた子かな」

「元気があるのはいいことね。さ、目的を果たしましょう」

「ほいさ」

君は空に向かって手を振った。

「こんにちまじょまじょ！　さし子です！　ほらみぎめちゃんもやって」

君が挨拶《あいさつ》し、私の脇腹を小突いた。

「みぎめよ。いきなり浮かせたりして申し訳なく思うわ」

「あのー！　すみません！　みなさんスパインですかー！　お伺いしたいことがあるんですけどー！」

君は両手をメガホンにして怒鳴った。

「こちらにー！　椎骨の魔女はー！　いらっしゃいますかー！」

「死ねや！」

答えは罵声《ばせい》だった。断りもなく浮かせるような不調法《ぶちょうほう》に対しては、まずまず礼にかなった振る舞いと言えた。

「うーんだめか。どうしよう。一人ずつしめてきますね」

君は無造作に毒を放った。ずっと怒鳴っている関西弁の隣に浮いている、虹色のインナーカラーを入れた長身の女が喉《のど》を押さえてじたばたし、失神した。

「てのひらの魔女の毒」

「久しぶりに見たわね、それ」

「へへ」

てのひらの魔女、その毒は圧壊。君は女の首を絞め、意識を遮断させた。

「握りつぶさないの？」

「あんまり景気よくやっちゃうとね、ほらあれですから。ほいもう一人」

次々に気絶する仲間を見て、関西弁は狼狽《ろうばい》した。怒鳴るのをやめ、あたりをきょろきょろ見回している。

「すみませーん！　もう一度お伺いするんですけどー！　椎骨の魔女はいらっしゃいますかー！」

「降ろしてあげたらどう？　寒そうだし」

「そっか、そうですね。雪降ってるし、すみませーん！　いま降ろしますねー！」

浮かんでいた連中が、綿くずみたいにふわふわ降下した。

一歩前に出た関西弁が、凍った護岸を強く踏みしめ、私たちを睨《にら》んだ。

「いちびっとんちゃうぞコラ」

◇

盥環は考える。いかにこの状況を乗り切るかについて、全神経を総動員して集中する。

相手はかつての魔女狩り、ほとんどの毒を喪《うしな》ったとはいえ揺るぎなく最強の魔女だ。おまけに、ブランチスパインの構成員を躊躇《ちゅうちょ》なく肉くずに変えた過去がある。殺人に対する忌避感《きひかん》をまるで持たない本物のフリークスだ。まともにぶつかれば一秒かからず皆殺しにされる。

「すみませーん！　いま降ろしますねー！」

最善は交渉、最悪は虐殺。目盛りの両端を設定した環は、即座に行動を開始した。

「ボクが時間稼ぎます。みなさん、逃げてください」

環は構成員に声をかけた。魔女は環ただ一人だ。厳密に言えば髄鞘《ずいしょう》の魔女もいるが、いの一番に気を失った。

環らスパイン派が動員できる人数は少ない。ましてこれは、首魁《しゅかい》である朔に無断で実行した作戦だ。環の制御下にある――それは、とりもなおさず組織内での位階が低いことを意味している――人員のみが、作戦に参加していた。

「いちびっとんちゃうぞコラ」

着地した環は、前に出ながら口を開き、右目の魔女と魔女狩りの注意を引いた。

「なんで、椎骨の魔女を？」

環は右目の魔女に問いかけた。こちらもいかれた殺人鬼には違いないが、右目の魔女の毒は迎撃型だ。まだ御しやすい。

「毒を譲ってもらおうと思ったのよ」

最悪のパターンだが、想定していなかったわけではない。比良田朔の父は、生き延びるために年端《としは》もいかない少女たちを苦しめた極めつきのクズだ。娘である朔は皮肉にも父と同じ椎骨の毒を浴びたが、それ以外のものはなにひとつ受け継いでいない。朔は私心を持たず、未来を憂い、高潔で倫理的で、分け隔てない。ただ一心に、ひとびとを、世界を、救おうとしている。だから環は、朔に忠誠を誓《ちか》っている。

人魚と魔女と魔女狩りに歪《ゆが》められた世界を、スパインは救う。

「椎骨の魔女を狙うのは、復讐ですか？」

魔女と魔女狩りは顔を見合わせ、ちょっと発言を譲り合うような空気が流れた。

「どうかしら。正直に言って、もうそんなことはどうでもいいのよ」

口を開いたのは、右目の魔女だった。魔女狩りは隣でうんうんうなずいている。

「私もこの子も、なにもかも自分の責任だと思い込む方が楽なたちだから。もしかしたらただ、話をしてみたいだけなのかもしれないわ」

なにを言いたいのか、まったく意味が分からない。だが、後半については虚言だと環は断定した。歴史に名を残す大量殺人犯が、無差別かつ一方的に毒をばら撒《ま》いたのだ。そこに宣戦布告以外のメタメッセージは読み取れない。すなわちこいつらは、敵だ。

「そうですか。椎骨の魔女には会わせられません。以上。お帰りください」

環は身体の限界まで加速した。髄鞘《ずいしょう》の毒の効果範囲に魔女狩りが接触した瞬間、毒を起動する。

「はりゃりゃりゃりゃりゃ？」

魔女狩りが不明瞭な音を口から漏《も》らし、右目の魔女の肩に両手ですがった。

「あら？」

「あだだだだ」

右目の魔女は、片足を引いて魔女狩りの体重を受け止めながら、環に目をやって首をかしげた。

「もっぺん言いますね。お帰りください」

不死の毒への対処法を環は心得ている。まず第一に、起動のトリガーを引かないこと。つまり、即死させないことだ。

軸索《じくさく》の毒によって脳の血流を減速させられた魔女狩りは、虚血発作を起こした。すぐに修復されるだろうが、血流減速は攻撃の第一段階にすぎない。第二段階では、滞《とどこお》った血流が生み出す血栓の成長速度を加速し、脳内にばら撒《ま》く。脳梗塞やくも膜下出血といった二次被害を引き起こし、できうる限りの回復阻害を試みるのが狙いだ。

「ねえ、大丈夫なの？」

右目の魔女は環の話を無視し、魔女狩りの肩を揺さぶった。

「ふがががが」

「大丈夫ではなさそうね」

ため息をついた右目の魔女はバッグに手を突っ込み、ごそごそ漁《あさ》り、拳銃を抜くと魔女狩りの頭を吹っ飛ばした。

血と組織片が、環の顔を濡《ぬ》らした。

「は……？」

一秒遅れで環は疑問符を吐いた。

頭の半分を欠いた魔女狩りの体が、よろよろと無軌道な数歩の後、凍った路面に倒れ込んだ。湯気を立てるあたたかな血が、ささいな亀裂や氷の割れ目を走り、積もりはじめの雪を溶かした。

　環の、混乱と当惑に引っ掻《か》き回された脳の片隅が、恐怖を発信した。環は加速し、飛びのいた。直後、地面が、アイスクリームディッシャーでくりぬいたみたいに抉《えぐ》れた。

「ごめん、マフラー汚しちゃいました」

　立ち上がった魔女狩りは、コートの袖についた雪を払った。

「いいわよ別に。洗濯したら取れるかしら」

「おしっこかけると良いらしいですよ、血の汚れ」

「やってみたら？　私は二度と巻かないけど」

　私室でのおしゃべりみたいに、右目の魔女と魔女狩りの口調は穏やかだった。立て続けに加速する環を追うように、護岸が破壊されていった。

「あ、奥歯の魔女の毒ですこれ」

　魔女狩りは環に向けた視線を、すぐに右目の魔女へと戻した。

「それも久しぶりに見たわ」

「今日はそういう日です」

　奥歯の魔女、その毒は噛《か》み潰《つぶ》し。空間を球状に圧縮する。

　環は一瞬、背後に目をやった。メンバーの大半は逃げた。昏倒《こんとう》するアリカの顔を、金髪の、背の低い女が引っぱたいている。拷問の魔女の片割れだ。アリカとの交渉材料に使いたかったが、おそらく魔女であること、毒が未知であることから計画に入れなかった。政治だ。環は苦笑する。魔女があと二人でも動かせれば、こんなことにはならなかっただろう。速やかにアリカの正体を暴き、対話を済ませ、スパインの抱える懸念をひとつ減らせたはずだ。

だというのに、今こうして、最強の魔女とたった一人で戦っている。

空気が炸裂《さくれつ》した。圧縮された空間へと吹き込む風に背中を叩《たた》かれ、環はよろめいた。連続での加速が、身体に無視できないダメージを与えている。不公平な戦いだ。こちらは一撃もらえば即死、あちらは何を浴びても不死。そのうえ、回避のたびに体が軋《きし》む。はじめて環は、アリカの持つ髄鞘《ずいしょう》の毒を羨《うらや》ましく思った。加速の負荷をぼったくれるのはいんちきじみていると、体感によって理解した。

なお悪いことに、環の眼前《がんぜん》で、炎が上がった。

噛《か》み潰《つぶ》しに巻き込まれた可燃性の物体が、断熱圧縮によって発火点を越えたのだ。

複数個所で同時発生した炎は、あたり一帯の酸素を食ってあっという間に膨れ上がり、融合して巨大な火球となった。火球は、地面を焦がしながら水平に広がっていくのと同時に、径を絞りながら垂直に上昇していった。栓を抜いた穴めがけて火が吸い込まれていくように、環には見えた。

炎でかたちづくられる、逆立ちした竜巻。火災旋風《せんぷう》だった。

熱波が吹き付けて、環は雪の上を転がった。喉《のど》が焼け、肺が痛んだ。酸素を奪われた大気は、呼気のたびに環の意識を鈍《にぶ》く曇らせた。焙《あぶ》られる背中は今にも燃えそうなほど熱くて、地面にへばりついた頬《ほお》は今にも凍りそうなほど冷たかった。

いっそう激しく降りはじめた白い雪を、橙色《とうしょく》の炎が照らした。立ち上がろうとしてへたりこんだ環は、白と橙《だいだい》の作り出す死の形象になかば魅入られた。圧倒的な、平伏することすら許されない絶対的な力を前に、絶望も諦観《ていかん》も通り越し、環が感じていたのは、ただ、美だった。

人魚に襲われたひとびとも、超越的な存在を前に、同じような美を感じていたのだろうかと環は思う。だとしたら両親も妹も幸福だ。こんなにも美しいものが、命を奪ってくれるのだから。

「おい」

だれかが肩を掴《つか》んで、環を陶酔から強引に引きずり上げた。

「じゃま」

炎から遠ざけるように環を突き飛ばすその手は、深緑色のオープンフィンガーグローブをはめていた。

「こっちです！　ほら危ないから！」

呆然《ぼうぜん》とする環の手を、金髪の少女が掴んだ。

「……なんや」

「なんやじゃないですよまったく！　迷惑すぎる！　あほ！」

振り払おうとする環を、ミアは怒鳴りつけた。

「アリカが時間を稼ぎますから、逃げて！」

闇色の瞳が、炎よりも熱く灼《や》けているのを環は見る。だから、怒りを、環は見る。

アリカの姿が、火災旋風《せんぷう》の向こうに消える。

それは、突然現れた。

夜みたいな黒髪に虹色のインナーカラーを入れた外跳ねおさげ。右耳には星座みたいな無数のピアス。引き結んだ唇からのぞく、銀色の牙《きば》ピアス。

オーバーサイズのスタジャン、袖口からのぞく細い白い手首と、深緑色のオープンフィンガーグローブ。

泥雨有果が、拷問の魔女が、魔女狩りの前に立っていた。

「お、さっきの。すみません失神させちゃって」

「オマエ、魔女狩りだね」

アリカは魔女狩りの謝罪を無視して一方的に問いかけた。

「どうしてまだ生きているの？」

魔女狩りは、はんぱな笑みを浮かべたままで硬直した。

「教えて。なんでオマエが生きているのかを」

顔にへばりついた乾きかけの血を爪で剥《は》がしながら、魔女狩りは海に目をやった。

「……さあ。なんででしょうかね」

魔女狩りは小指を海に向け、手首を返した。巨大な水塊が持ち上がり、荒れ狂う火災旋風めがけて落下した。炎と水の接触によって水蒸気爆発が引き起こされ、気体が白く熱く膨れ上がった。

高温によって膨大な体積を稼いだ水蒸気は、人体を蒸し殺すことなく、逆再生するように縮んで水に戻った。水塊は不満げに表面を波立たせながら海に戻り、護岸に打ち寄せた波が雪をさらっていった。

「なんの意味もないですよ。こんな感じで力をぶんぶん振り回して、やけくそになって大暴れして、山ほど殺して、なのに、生き残っちゃった」

アリカは目を伏せた。

「そうだろうね」

「なんですか？　同情しに来たんですか？」

「違うよ」

アリカは手を伸ばし、魔女狩りの肩に触れた。

「オマエだけは必ず殺すって、ずっと決めていたんだ」

４００Ｇの加速度を受けた魔女狩りの肉体が、かけらも残さず消滅した。

「あらまあ」

右目の魔女が、さして驚いてもいないような感嘆の声を上げた。

「オマエは右目の魔女だね」

「ええそうよ。はじめまして。あなたは？」

「泥雨有果。拷問の魔女」

「ありか。どろう」

言葉の響きを味わうように、右目の魔女は呟《つぶや》いた。

「素敵なお名前ね。あなたのご両親は『ハローサマー、グッドバイ』が好きだったのかしら」

「知らない」

「読んでみるといいわ。私は続編の方が好きだけれど」

右目の魔女は、魔女狩りがそうしたように海に目をやった。

「あなたがあの子を、殺せればいいのにね」

かすかな笑みには、自嘲があった。なにか問おうとしたアリカは、ふたりの間を横切るものに気づいて、精神を凍らせた。

泡。

ちょうど両手で包めそうな大きさの、虹色にきらきらする、シャボン玉みたいな泡が弾《はじ》けて潮の臭いを振りまいた。

アリカは海を見た。海面が、無数の泡に覆われているのを見た。

「ねえねえ魔女さん」

そら豆のような形に凝集した泡のくぼみに、魔女狩りが腰かけていた。

「これなーんだ。ゆく河の流れは絶えずして、しかも、もとの水にあらず」

泡の塊は叩《たた》きつける寒風によろめきながらアリカたちの頭上までやって来ると、ヘリコプターから縄梯子《なわばしご》を落とすみたいに泡の筋を垂らした。

「ごめんなさい、呼ばれちゃったわ」

右目の魔女はアリカに手を振り、垂れた泡に捕まった。泡は右目の魔女を引き込んで、魔女狩りの隣に座らせた。右目の魔女は、魔女狩りを抱き寄せた。

「よどみに浮かぶうたかたは、かつ消え、かつ結びて、久しくとどまりたる例《ためし》なし」

右目の魔女は、魔女狩りが口にした一節の続きを淀《よど》みなくそらんじた。

「魔女さん、うちらってぜんぜん趣味合わないじゃないですか」

「そうね。君が知っているものを私は知らないし、私が知っているものを君は知らない。例外はドストエフスキーとヴォネガットと……」

「方丈記」

声がぴったりそろって、二人はくすくす笑った。

「あのね、魔女さん。あのときからなんですよ。うちが方丈記の話をして、魔女さんが分かってくれて、だからね」

「君と私が、似たような寂しさを抱えてるって思えた」

魔女狩りは無言で首肯し、右目の魔女の肩に額を押し当てた。

「ところで、これはどういう毒なのかしら。自虐だとしたら強烈すぎない？」

「ああそうそう！　そうなんですよ！　なんかがちゃがちゃーってやったらできたんです！」

魔女狩りは、頬《ほお》に涙を伝わらせたまま笑みを浮かべた。

「いろんな毒を使って、水を泡にしてみました。完全オリジナルです」

じゃーん！　みたいな感じで胸を張ってから、魔女狩りは、眼下《がんか》のアリカを見下ろした。

「人魚の魔女の毒」

一塊となった泡が、拳《こぶし》のようにアリカを打った。

撥《は》ね飛ばされるアリカの姿が目に飛び込んで、ミアは我を取り戻した。

「アリカ！」

「ほたえなや」

「んぐえええええ」

飛び出そうとしたミアの首根っこを、環が掴《つか》んだ。

「なんなんですかさっきからもうありがとうございます！」

「怒っとんのかお礼言うんかどっちなんですか、蛞頭さん」

「両方に決まってるじゃないですか！　あほ！　アリカを拷問するわ助けてくれるわ情緒ばかになっててんですからこっちは！」

魔女狩りが引き起こした水蒸気爆発から、環はミアを守った。蒸気の塊を軸索《じくさく》の毒によって減速しなければ、ミアは今ごろ煮え立つたんぱく質となっていただろう。

「そんなんちゃいます。体ばっきばきでよう動かんだけですわ」

環は髪をぐしゃぐしゃ掻《か》いた。きつくひっつめたツインテールはほどけ、縛りぐせのついたぼさぼさ髪が顔にへばりついていた。

よろよろと立ち上がったアリカは、無数の泡を前にまだ自失しているようだった。当然だ。ミア自身、胃が喉《のど》まで持ち上がるような吐き気をこらえている。環にしてもそうだろうとミアは思う。

あの日、被災したひとびとは泡を見た。雲にこし取られたわずかな陽光を回析の虹色に歪《ゆが》め、泡は、空に敷き詰められていた。

麻痺《まひ》しようとする思考能力に鞭《むち》打って、ミアは検討する。人魚の毒には、おぞましさを感じる。見た目以上の邪悪が宿っている。

「複数の毒を、組み合わせる？」

破壊的な音と光がミアの思索を吹き飛ばした。オゾンの臭いが鼻を打った。

「か、雷《かみなり》ぃ？　こんな毒、ボク知らんで……」

環が驚嘆した。ミアは戦闘に目を向けた。アリカの頭上に漂う無数の泡が、互いの界面を擦《こす》り合わせるように動いた。直後、紫色の電光がアリカの肉体を貫いた。

バンデグラフ起電機と似たような仕組みだろうとミアは推測した。界面の摩擦によって生じた静電気を一つの泡に溜《た》め込み、電極と化した泡に向かって放電したのだ。

「見てくださいよほら。泡の一個一個に別々の毒を使ってみました」

「なかなか遊べるわね」

髄鞘《ずいしょう》の毒を駆使して逃げ惑うアリカにさしたる興味もない様子で、右目の魔女と魔女狩りはおしゃべりしている。

毒についての認識が根本から揺らいだ。今ようやくミアは、軸索《じくさく》の魔女の毒に感じた忌《き》避《ひ》感《かん》を言葉にできた。

水は本来、空気中でシャボン玉のような形状を保てない。表面張力が強すぎるからだ。泡を維持するためには、水の分子間力を操作する必要がある。これが何を意味するのか。毒は、組み合わせ次第で素粒子の世界に手を突っ込み、ものの物性を操れるということだ。

　これまでミアは魔女の毒を、物理法則から独立して発生する個々のイベントだと捉えていた。おそらく、そうではないのだ。軸索の魔女の毒が分子を、人魚の魔女の毒が素粒子を支配できるように。そこにこそ、毒の邪悪さがある。

　肺胞の魔女の毒は、ヒッグス場に干渉しているのかもしれない。髄鞘《ずいしょう》の魔女の毒は、光速度を書き換えているのかもしれない。奥歯の魔女の毒は、重力定数を変化させているのかもしれない。

　ミアの全身が粟立《あわだ》った。仮定が正しければ、この力は、人に与えられて良いものではない。物理定数のハックは、時空そのものを手荒に殴りつけるようなものだ。

　素粒子を操る人魚の毒は、その気になれば、核融合の際に取り回しの良い重水素と三重水素を海水からいくらでも取り出せるだろう。原子核の持つ斥力《せきりょく》を踏み倒して熱核反応を引き起こし、放射線をばら撒《ま》いて地球上の全人類を被曝《ひばく》させられるだろう。

「止めなきゃ」

　魔女バトルどころではない。当人同士が知ってか知らずか、かかっているのは最低でも人類の存亡だ。

　魔女狩りは遊んでいるにすぎない。指で揉《も》み潰《つぶ》せば殺せる蟻《あり》の一匹を、わざわざ虫眼鏡で焼こうとしている。だが、アリカがわずかなりとも善戦し、魔女狩りが脅威を感じたならばどうか。人類史上最大規模の水爆を、人魚の毒はいつでも起爆できる。

それだけでは済まない。横浜がまるごと放射能汚染されようと、人類が絶滅しようと、想定可能な最大規模の被害よりははるかに軽微だと言えた。考え無しに毒を使って真空崩壊を引き起こせば、宇宙がまるごと平べったい更地と化す。今この瞬間にも、それは、起きるかもしれない。

人魚の魔女、その毒は、全能。

ふらふらと歩き出したミアの前に、傷だらけのアリカが現れた。

「ミア、おいしいお店はあった?」

アリカは、笑っていた。

「あの、アリカ、戦いは……」

「待っていてね。殺して戻るから」

泡を操る魔女狩りに向けられた瞳、闇色の怒りを、ミアは見る。

「たた、かい、は……」

それ以上、何も言えなかった。

ミアは、恋をした。

怒るべきだったのだ。絶望するのでもなく、自分を責めて傷つけるのでもなく。相手が自分よりもずっと強くて、ずっと乱暴で、ずっといかれていたとして、なにひとつ自分のせいではないのだから。たとえその結果、なすすべなく殺されるのだとしても、怒るべきだったのだ。

ミアは、アリカの怒りに、恋をした。

「行ってらっしゃい、アリカ」

「うん」

毒を起動したアリカは、吹き荒れる泡の中に再出現した。アリカは親指の腹を犬歯で噛《か》み切り、血の粒に吐息の毒を込めて放った。

吐息の魔女、その毒は操作。切り離された身体の一部を操る。

血は羽を広げた蝶《ちょう》の形状を取り、気流に乗って浮かび上がると魔女狩りの頬《ほお》に触れた。

直後、魔女狩りの頭が弾《はじ》け飛んだ。

吐息の毒によって離れた血を肉体の一部と認識し、髄鞘《ずいしょう》の毒で加速。ごくわずかな質量といえど、肉体を損壊するには十分な破壊力だった。

泡が一斉に弾け、潮《うしお》の雨となって雪と混ざった。雨粒と共に落ちる魔女と魔女狩りは、海面すれすれで静止した。

「食い下がりますね」

さかさになった魔女狩りが呆《あき》れ笑いを浮かべ、

「オマエを拷問して殺す」

アリカが構えた。

雪の結晶のひとつひとつが微細な泡となり、霧のようにミアの視界を覆う。うすむらさきに煙った世界で、三つの影がぶつかり合う。

◇

意識を取り戻したアリカは、あたたかさと湿度を感じた。うすく開いた瞳を横に向けると、フローリングに置かれた対流型石油ストーブがとろとろと熱を垂れ流していた。

「蛞頭さん、いちじく煮たのあるわよ。こういうのって食べる?」

右目の魔女の声。

「えっそんな、でもなんか申し訳が……」

ミアの声。

「いいんですよみぎめちゃん好きでやってんだから。だんだんおばちゃんになってきた」

魔女狩りの声。

「君の面倒を見ているからでしょうね」

電子レンジのうなる音、シナモンの香り。胸のすくような爽やかなにおい。

「はいどうぞ。ドライフィグのコンポート。こっちはエルダフラワーティーね」

「わーすみません！　なんかもういろいろ何もかもうんまい！　えーなんですかこれ！　とろっとろ！　とろっとろで、シナモンと、あこれオールスパイス？」

「よく分かったわね。蛞頭さんはもしかして料理するの？」

「しますよー！　みぎめちゃん、あ、ええと」

「みぎめちゃんでいいわよ」

　苦笑まじりの穏やかな声。

「みぎめちゃんの料理配信めっちゃ観てますもん！　あれつくりましたよ、チュニジアのぎょうざ！」

「ブリックね。おいしかった？」

「やばかったです。チーズ！　肉！　卵！　油！　あれ反則ですよね、罪のかたまりみたいな料理」

「おいおいおいおいおい盛り上がってんじゃねえかよええー？」

「ばかの食レポ担当は黙ってて」

「んむぐ……んまい！　なんか、この、オールのやつが」

　何かが起こっているのは確かだった。毒による攻撃だろうか。声のした方に目を向ける。テーブルを、右目の魔女と魔女狩りとミアが囲んでいる。

「あら、目が覚めたみたいね」

右目の魔女が、アリカを見た。

「アリカ！」

椅子から飛び降りたミアがアリカに駆け寄って、覆いかぶさるように抱きついた。

「ここ、は」

ミアの重みを感じる。身体感覚が戻ってきて、アリカは、布団に寝かされている自分を見出した。

「まじょまじょのおうちです！　連れてきてもらいました！　それでなんか戦っててアリカがもう死にそうだったからわたしがわーってやったらみぎめちゃんとさし子がとどめ刺すのやめてくれぇええええ」

喋《しゃべ》っている途中で涙ぐんだミアは、アリカの胸に突っ伏して号泣した。アリカはミアの背中に手を置いた。

「助けてくれたんだ」

「ぶぃいいいいい」

ミアは泣きながら何か言った。

「そっか。ごめん、ミア」

「ちがうでしょ！」

ミアは涙と鼻水でぐちゃぐちゃの顔をアリカに向けた。

「ごめんじゃなくて！　わたしたちは相棒なんですから！」

アリカはミアの言葉をゆっくりと全身に行き渡らせて、長く長く、息を吐いた。

「ありがとう」

ミアは鼻をすすってうなずいた。

「本当に問題ないんですか？　ここで暴れられたらうちらもさすがに困っちゃうんですけど」

テーブルに頬杖《ほおづえ》をついた魔女狩りは、かなり根深い疑いの目をアリカに向けた。

「うん、今はやらないよ。勝てないことが分かったから」

魔女狩りは仰天したあと爆笑した。

「うはははは！　まじで言った！　ミアちゃんと同じことまじで言うんだ！」

アリカは小首をかしげた。

「わたしが説得したんですよ。アリカは勝てない相手に挑まないからって」

「そうだね。今は」

「次があるの？　そろそろ私、巻き込まれて死ぬんじゃないかしら」

お盆を手にした右目の魔女が、布団の脇に腰を下ろした。

「はいこれ。食べられる？」

差し出されたガラスの器には、とろっとした白いものが盛られていた。角切りになっただいだい色のなにかと黒っぽいソース、それから緑がかった粉がまぶされている。

「豆花《トウファ》に、蜜芋をふかしたのと黒みつ、黒豆きなこ。どうぞ」

身を起こして器の中身を啜《すす》り込み、アリカは目を見開いた。

「おいしい」

「端的な感想ね。気に入ったわ」

「オマエ、すごいんだね」

「今度レシピ本を出すから、買って拡散してちょうだい」

アリカはあっという間に平らげ、のみならずお代わりを要求してミアを共感性羞恥《しゅうち》に悶《もだ》えさせた。

「よかったら夕飯も食べていって。おでん煮てるから」

右目の魔女は、ストーブの上に置かれたアルミ鍋を指さした。

「おばちゃんなんだよなもうムーブが完全に」

◇

四人でおでんをつついた帰り道、重たい体を引きずって、ミアとアリカはとぼとぼと歩いた。

「なんか……一日で一生分の経験した気がします」

「そうだね」

夕方に一度やんだ雪が再び降りはじめ、凍った道に、ふたりはそろそろと足を下ろす。

「寒すぎる。なんか飲み物買っていきましょ」

二人はあたたかい缶コーヒーを買って家を目指した。

「そういえば、軸索《じくさく》の魔女はどうしたの」

「うまいことばっくれたみたいですね。また来るかなー？」

「次は拷問して殺す」

アリカは白い息を帯のように吐き流しながら、ミアのすこし先を歩いた。

「勝てなかったな」

「強かったですね、さし子」

——自分そのものがばらばらに壊れて、毒といっしょに繋《つな》ぎなおすような経験をした魔女なら、持って生まれたみたいにたくさんの毒を使えるかもしれない。

ミアは、アリカの言葉を思い出した。魔女狩りであったとき、さし子はどんな経験をしたのだろうか。おそらくは体と心を幾度も幾度も引き裂《さ》かれ、そのたび継ぎなおし、いびつなかたちになっていったのだろう。

人魚の魔女を、さし子は自称した。そこには、どんな意味が込められているのだろうか。一人の人間が抱えられるだけの辛《つら》さはもうとっくに越えていて、だからさし子は、ばらばらに壊れてしまったのだろう。

「ミア、止めようとしたね。助けてくれる前に」

「ええ、まあ。世界が滅びるかもしれなかったんで。冗談抜きに」

「そうなんだ」

アリカは無関心な相槌《あいづち》を打った。ミアは見る間に冷えていく缶を両手で包み、甘くて苦くてスチールの味がするコーヒーをいっぺんに呑《の》んだ。

「でも、まあいっかそれぐらいって思ったんです。だって怒ってるんだから。アリカも、わたしも」

「まじょまじょのこと、好きだったんじゃないの」

「好きですし今日めっちゃファンサしてもらってもっと好きになりましたよ。でも、それとこれとは別です」

アリカは空き缶をポケットにしまった。

立ち並んだ街灯の光の向こうに、家の影が見えてきた。アリカの肩から力が抜けるのが、ミアに分かった。

歩調をゆるめたアリカに、ミアは大股で歩いて追いついた。アリカはちょっとかがんで、ミアの手を取った。アリカの手はあたたかくて、大きくて、思いがけず柔らかい。

「危ないから」

どぎまぎするミアに、アリカは声をかけた。

「えっあっはい、はい、危ないですもんね」

二人は手をつないで歩いた。

「おかしな話をしていい？」

「珍しい前置きですね」

アリカの話はたいていおかしいし、だいたい飲み込みづらい。ミアはもうすっかり慣れっこだった。

「あたしは魔女狩りだったんだ」

過去形で、アリカは語った。

「２０１０年の魔女狩り。できそこないだったし、生き残ってしまったけれど」

ミアは思わずアリカを見上げ、おろそかになった足元が氷に取られ、ひっくり返りそうになったところをアリカに持ち上げられた。

「すみません」

「大丈夫？」

「はい、まあ、ええと」

降ろしてもらって、歩き出して、ミアは頭を整理する。

古い機器で古い曲ばかり聴くことも、魔女の毒に詳しいことも、魔女への過剰な執着も、アリカが過去の魔女狩りだとすれば納得のいく話だった。

「ありがとうございます、話してくれて」

どうして告白してくれたのか、何をミアに求めているのか、あれこれ考えるより早く、感謝を口にしていた。

ミアはつないだ手に力を込めた。アリカは、握り返してくれた。

「これからどうします？」

「まずは、スパインだね。迷惑をかけるなら殺す。椎骨の魔女も」

「それから？」

「右目の魔女と魔女狩りを殺す」

これが、ミアの知っているアリカだ。どういう過去を経てここに辿《たど》り着いたのかは、どうでもよかった。今、ミアはアリカの近くにいる。アリカの怒りに、寄り添っている。

「ねえ、アリカ」

立ち止まってアリカを見上げる。闇色の瞳と赤橙《せきとう》の瞳が向かい合う。

「次は、いっしょに殺しましょうね」

エピローグ　くらやみの速さはどれくらい

拷問の魔女が帰ったあと、君はテーブルでだらだらお酒を飲み続け、私は粛々《しゅくしゅく》と洗い物に向き合う。

「良い子たちでしたね」

「そうかしら。君は四回ぐらい殺されていたわよ」

「あんなんぜんぜん。ものの数にも入りゃしませんわ」

泥雨有果では、君を殺せなかった。期待していたわけではないし、君が死ぬことを願っていたわけでもない。ただ、残念には思う。私たちを狙う命知らずは年々減っているのだ。

「ふわーぁあふ。まじで疲れたな」

「久しぶりに大はしゃぎしたんだもの」

「けっこう楽しかったですよ」

「それならよかった」

最後の食器を洗い終えた私は、ビールの瓶《びん》とグラスを手にテーブルについた。

雪が音を吸って、静かな夜だった。君の鼻息が笛みたいな音を立てていた。

「鼻詰まっちゃった。呑《の》みすぎましたね」

私の視線に気づいた君は、恥ずかしそうに言い訳した。

「息止めるといいわよ」

「ええー？　……あほんとだ。鼻通った。なんだこれ人体。すごい」

私たちは他愛のないおしゃべりに興じる。

「リビング、カーテン開けて」

君が音声アシスタントに呼びかけると、大げさなモーター音を立ててカーテンが開く。

窓の外にかろうじて届いた室内の明りが、舞い飛ぶ雪を照らしている。

「寒いわけだわこりゃ。ちゃんと帰れたかな」

「傘ぐらい持たせてあげればよかったわね。今更だけど」

私たちはしばらく窓を見ている。映り込んだ私たちの像と、夜景を遮《さえぎ》る雪を見ている。

「さて、これからどうしましょうか」

「メラメラの実作戦でしょ」

窓に映った君が言う。

「それじゃあ、スパインを相手にするのね」

「ぶっ潰《つぶ》してやりますよ」

君は机上に伸ばした腕を枕《まくら》に、さしたる意気込みを感じられないような態度だった。

私たちが見出した物語は単なる欺瞞《ぎまん》にすぎなくて、あっという間に終わるだろう。私たちは二人ともそのことを理解している。

「目標ができたのはいいことよ。スパインを潰《つぶ》す。椎骨の毒を手に入れる」

「それから?」

「そうね……」

私はすこし考えて、とびきりの皮肉を思いついた。

「釣りでも覚えるのよ」

君は笑う。

君は満面のうつろな笑みを浮かべる。

〈『拷問魔女2』完〉

この作品に対するご感想、ご意見をお寄せください。

●あて先●

〒101-0052 東京都千代田区神田小川町3-3
主婦の友インフォス　ヒーロー文庫編集部

「中野在太先生」係
「とよた瑣織先生」係

ヒーロー文庫

ヒーロー文庫

拷問魔女《ごうもんまじょ》 2

中野在太《なかのあるた》

2023年8月10日　第1刷発行

発行者　廣島順二

発行所　株式会社イマジカインフォス
〒101-0052 東京都千代田区神田小川町 3-3
電話／03-6273-7850（編集）

発売元　株式会社主婦の友社
〒141-0021
東京都品川区上大崎 3-1-1 目黒セントラルスクエア
電話／049-259-1236（販売）

印刷所　大日本印刷株式会社

ISBN 978-4-07-455580-2